仕舞屋蘭方医 根古屋冲有
お江戸事件帖 人魚とおはぎ

藍上イオタ　Iota Aiue

ALPHAPOLIS
WEB CITY SINCE 2000
アルファポリス文庫

https://www.alphapolis.co.jp/

目次

一章　赤鬼《あかおに》と酒《さか》まんじゅう

星のない夜空に火の粉が舞う。ときは文政二年の小正月もすぎた夜半。

空から落ちてきた重い雪が、熱風になぶられ身をよじる。

半纏《はんてん》姿の火消したちが周囲の家を取り壊している。

日本橋の薬種問屋《やくしゅどいや》、伊丹屋《いたみや》から火の手が上がったのだ。昨日からの雪のせいか、はたまた風のない夜だからか、炎の勢いはまだ大きくない。

半鐘《はんしょう》が周囲に鳴り響く。

赤子を抱いた女が、着物に火がついた少女の手を引いて伊丹屋から転がり出てきた。

伊丹屋の娘、お銀《ぎん》だ。

腕に抱かれた赤子はお銀の息子、金太《きんた》という。

着物が焼け焦げ、火傷を負った少女は、伊丹屋の孫娘、お鈴《すず》だ。年は七つ。お鈴はお銀の兄、鉄吉《てつきち》の一人娘である。

お鈴は力尽きたようにその場に倒れ込んだ。

「おい！　酷い火傷をしてるぞ！　子どもに水をかけろ‼　水だ‼」

怒鳴り声が響く。

お銀は抱いていた赤子を半纏姿の男に押しつけ、再び炎の中に戻ろうとした。

周囲の人々はお銀を囲み、引き留める。

「なかにまだ、おとっさんとおっかさんが……！」

「駄目だ！　火消しに任せろ！」

「でも！」

「あんたまで死んじまったら子どもはどうすんだい‼」

男に怒鳴られ、お銀は慟哭しながらその場にへたり込んだ。

近くには水をかけられたお鈴がぐったりしたまま寝かされている。

地面の雪は、足跡でグチャグチャに汚れきっていた。

「……お鈴ちゃんは助からねぇな……」

誰が呟いたのか、諦めの声がした。

すると留紺色《とめこんいろ》の着流《きなが》しに羽織姿の精悍な男が、お鈴を抱き上げた。腰には大小の刀を差しており武士なのだとわかる。

背の高さは五尺七寸〔約一七三cm〕あまりある大きな男だ。火消しに混じっても見劣りしない偉丈夫《いじょうぶ》である。

「おめぇさん、よく頑張って逃げてきた！　いい先生に診てもれぇるからな。も少し頑張れよ！」

大きな黒い瞳で子どもをジッと見つめ、力強く励ます。

お鈴は微かな声で呻いた。

「……お……に、あかおに……」

「兄？　赤鬼か？　俺は鬼なんかじゃねえよ、安心しな」

男は笑い飛ばす。

「誠吾《せいご》さん！」

男は犬飼《いぬがい》誠吾。与力《よりき》見習いのまねごとをしている十七歳だ。代々与力を務める犬飼家の末っ子嫡男であった。

父は南町奉行所で与力を務める犬飼信二郎《しんじろう》である。

禄をもらわず与力見習いのまねごとをしているのは、「仕事は見て覚えろ」という信二郎の信念が故である。そんなわけで、正式な与力見習いではない。

いつもはいなせな細刷毛《ほそはけ》小銀杏《こいちょう》が、今は乱れている。そうとう慌てて来たのだろう。

「俺が医者に連れていく！」

誠吾はそう告げてお鈴を抱えたまま駆けだした。

「八丁堀《はっちょうぼり》は反対の方角ですぜ！」

呼び止める声を誠吾は無視した。

目指したのは神田豊島町《かんだとよしまちょう》の蘭方医《らんぽうい》（オランダ医学を学んだ医者）、根古屋冲有《ねこやちゅうゆう》の家である。

小さな子どもを抱いて誠吾はひた走る。

たしかに八丁堀の屋敷のほうが冲有の屋敷より近いかもしれない。有名な御殿医《ごてんい》も住んでいる。

しかし、すぐに診てもらえるかはわからない。

（きっとこの時分なら、冲《ちゅう》さんは家で寝ているだろう。たたき起こせばきっと、嫌々ながらも断らねぇ）

誠吾は嫌そうな顔をする冲有を想像し、少し笑った。

（それに、こんな大怪我を治せるお人は冲さんしかいねぇ）

誠吾は足を速めた。

腕の中の子どもは脂汗をかきながら、顔を真っ赤にしている。髪は縮れ、焦げた臭いを放っている。左腕の袖は焼け落ちていた。

誠吾は桂《かつら》横丁に面した格子の引き戸をガンガンと叩いた。二階建ての小さな仕舞屋《しもたや》（商売をやめた家）だ。

蘭方医、根古屋の家である。

「根古屋先生、いるか！」

ドンドン、ドンドン、と遠慮なく引き戸を叩く。しかし、中から反応はない。

（二階の布団に潜り込んで狸寝入りを決め込んでやがるな）

誠吾はチッと舌打ちをした。

冲有は金さえ払えば誰でも診る医者だが、なにしろ扱いが難しい。興味があることにはまっしぐらだが、それ以外には目もくれない。

しかし、治療となったら的確で、子どもには優しいところがある。

誠吾が持ち込む面倒ごとも、なんだかんだと文句をつけつつ手を貸してくれるのだ。偏屈だが、頼りにはなる男だった。

「根古屋先生！　起きとくれ！　なぁ、冲さん‼　子どもが火事に巻き込まれた‼」

誠吾が怒鳴ると、家の中からバタバタと音が響いた。

「それを早く言ってください」

イライラとした声とともに、戸が開け放たれた。

子どもと聞いて慌てたのだろう。そこには寝間着姿で、胸元を露わにした冲有がいた。

歳は二十歳くらいか。とても若い。

くせ毛の総髪が乱れているのはいつものことだ。自分の身の回りのことには興味がないため、いつもボンヤリとした格好なのである。しかし、いやに色っぽい。

白粉を塗ったような肌に、虎目石《とらめいし》のような瞳が光る。このあたりでは珍しい唐茶色《からちゃいろ》のくせ毛に、すっと通った鼻筋が人目を引くのだ。

冲有が子どものころに見世物小屋で『天狗《てんぐ》の子』と呼ばれていたことを誠吾は思い出した。

板の間の奥には、百味簞笥《ひゃくみだんす》や薬研《やげん》などが置かれている。そこで病人を診るのだ。

でっぷりとした白猫が煩そうに土間《どま》に顔を向けた。

「これは……伊丹屋のお鈴ちゃん……?」

冲有はゴクリと唾を飲んだ。

「ああ。冲さん、知ってるのかい?」

「ええ、薬を買いに行くと、お茶を煎れてくれてた娘さんです」

冲有は慌てて大きなたらいを土間に出した。そこに、汲みおいてあった水を入れる。

伊丹屋は冲有のよく使う薬種問屋だった。お鈴の祖父が店主である。日本橋の横町に小さな店《たな》を構えていた。

有名な大店《おおだな》とは違って手頃な薬が手に入るため、冲有のような気ままな藪《やぶ》医者には重宝だったのだ。常連客には、おしゃまなお鈴がおとなぶってお茶を運んでくれるので、それを楽しみにする年寄りなどもいた。

「お鈴ちゃんをここに入れてください」

誠吾は娘をたらいの中に降ろす。

「井戸から水を汲んできてください。雪があったらそれも入れて冷たい水にしてください！」

「わかった！」

誠吾は庭にある井戸へ駆けだしていく。冲有の家には、小さな庭と湧き水が出る井戸があった。

庭には雪が積もっている。

冲有は柄杓《ひしゃく》を使い、焼けた着物の上から水をかけた。無理に着物を脱がすと、肌を傷めるからだ。まずは冷やすのが先決だ。

誠吾が新しい水を持ってきた。

「それをたらいに入れてください。できるだけたくさん！」

「おう！」

誠吾は指示に従う。たらいに雪交じりの水を入れ、すぐさま次の水を汲みに行く。

合間に冲有は吸飲《すいの》みに甘茶《あまちゃ》を入れ、お鈴の唇に運んだ。

お鈴は素直にそれを飲む。

続けて、二階から持ってきた薬を飲ませる。

「冲さん、そりゃなんだい？」

「痛みを和らげ眠くなる薬です」

沖有は答える。

曼陀羅華《まんだらけ》と附子《ぶし》などを混ぜた薬を、ほんの少しだけ甘茶に混ぜる。それぞれは毒であるが、少量であれば麻酔の効果があるのだ。

苦そうに顔を歪《ゆが》めるお鈴に甘茶を与えて、飲み込ませる。

誠吾は井戸水を汲んではたらいに入れる作業を繰り返し、お鈴の火傷を冷やした。

夜が明け始め、障子が淡く光り出す。

チュンチュンとスズメも鳴き出した。

お鈴は麻酔が効いてきたのか、うつらうつらしている。

「そろそろいいでしょうか」

沖有はそう呟くと、お鈴の着物を脱がせた。

柔く白い子どもの肌が、赤く爛れている。

着物の胸元のあわせから、潰れてビショビショになったまんじゅうが転がり出た。酒まんじゅうなのだろう。ほんのりと甘い酒の匂いがした。

土間に落ちた酒まんじゅうを猫がクンクンと嗅ぎ、ペロリとなめる。丸々と太った白猫だ。小首をかしげてから、まんじゅうをかじった。

「こら、なんでも食べるんじゃありませんよ」

沖有は白猫を軽く窘《たしな》める。

白猫はのんびりとした様子であくびをすると、人のせわしさなど我関せずといわんばかりに、板の間の奥に戻っていった。

冲有は小さくため息をつくと、お鈴に向き合った。

「背中の火傷はそれほど酷くはないですが、左腕の火傷は……」

娘の左腕には、大人の親指ほど太い火傷があった。肘から手の甲にかけて一筋走っている。

誠吾は思わず目を逸らした。娘にはあまりにもむごい傷である。

対して冲有は目をランランと輝かせた。冲有は新しい症例が好きだ。恍惚とした表情で、腕を持ち上げてあちこち食い入るように眺め、うっとりとため息をつく。

「冲さん、傷に見入ってるんじゃないよ」

誠吾に窘められて、冲有はハッとした。

気まずそうに咳払いをしてから、お鈴を洗い立ての浴衣に包み込み、布団に寝かす。

「誠さん、これに雪を詰めてきてください」

誠吾に氷嚢《ひょうのう》を手渡し命じる。

誠吾が外へ出ていくと、冲有は寝間着の上に黒鼠色《くろねずいろ》の十徳《じっとく》を羽織る。

誠吾から受け取った氷嚢は、寝間着の襟を開いて自分の腹に直接押し当てた。

湯立った鍋の中から細かな道具を菜箸《さいばし》で摘まみだす。冲有の道具だ。清潔な布が敷かれたお盆へ並べる。

誠吾は、土間に座り込んで上がり口に寄りかかった。

土間のあちこちに水が零れ、泥で汚れている。雪をかき集め、水を汲み運んだ手がチンチンと痛い。

(こりゃ、しもやけにでもなりそうだ)

誠吾はそう思い、両手を脇の下に挟み込んだ。

冲有は酒で濡らした手ぬぐいで手を拭く。そして、小刀というには小さすぎる道具を手に取った。冲有はそれをメスと呼んでいる。

冲有はお鈴の左腕の爛れた皮膚をおもむろに切り取り始めた。

誠吾は驚き顔を上げる。

「冲さん！　なにしてるんで」

「死んだ皮を切り取っているんです」

冲有は手元を見たままそっけなく説明する。

「死んだ皮？」

「これがあると上手く治りません」

淡々と答える蘭方医を、誠吾は薄目で見た。

幼子の柔肌にメスを入れる姿が恐ろしく、痛ましいと思ったのだ。

「嫌なら見ないほうがいいですよ。気分が悪くなられても困ります」

誠吾は腹に力を入れ、大きな目を見開いた。

「いや、見る」

冲有は鼻で笑うと、十徳を脱ぎ、もろ肌を脱いだ。白い肌には細かな傷がたくさんある。

氷嚢で冷やしていた自分の腹の皮を掴むと、薄くメスで剥ぎ取っていく。そして、皮を剥いだ場所を糸で縫い合わせ塞ぐ。

「うっ」

誠吾は思わず口元を押さえ、恐る恐る冲有の顔を見た。

行燈《あんどん》の光を反射し、冲有の目は闇夜の猫のようにランランと光っている。唇は薄く開き、口角は上がっている。楽しそうに笑っているのだ。

冲有は自分の皮を剥ぐと、お鈴の火傷に貼り合わせた。絹糸と針を使って、皮膚を縫い合わせてゆく。

「冲さんの肌がお鈴につくのかい？」

すべて縫い終わったところで、誠吾が尋ねた。

「他人と他人の肌が貼りつくのか試したことはないのでわからないのですが、たぶん、くっつかないでしょうね。ひと月、ふた月もすればとれてしまうでしょう。でも、そのあいだ傷口を守れるんじゃないかってね」

なんでもないことのように冲有が言い、誠吾はウヘェと声をあげた。

ただ子どもの傷を守るため、自分の身を切ったのだ。

「天竺《てんじく》では人の肉で鼻を作ったんだとか。ちょうどよい傷です。せっかくですから、試してみました」

「試すって」

「これだけ酷い傷です。下手したら命はない。どうせだったら、だめで元々の方法を試してもバチは当たらないでしょう……？」

冲有はニンマリと笑った。

（たしかにただ死ぬよりはましかもしれねぇが……ほんと、こういうときの冲さんは、やばいよ）

誠吾はゾッとした。

冲有の体にあるたくさんの傷は、そうやって自分で試してきた痕だった。

自分の身を削り、新しい医術を試す。冲有はそういう無茶を平気でする男だった。

それから冲有は、引き出しからとりだした油紙に、自分で調合した軟膏《なんこう》を厚く塗りつけた。そしてそれをほかの火傷に貼り付ける。湿潤療法《しつじゅんりょうほう》である。

お鈴は小さく身じろぎした。

「なんだい、それは」

「根古屋印の膏薬《こうやく》です。火傷は乾かさないほうがいいんです」

誠吾の問いに冲有は軽く答えながらサラシを巻いていく。軽い火傷には軟膏を直接塗り、重い火傷には膏薬を貼っていく。

すべての治療が終わったころ、夜はすっかり明けていた。

障子越しの光が、部屋の中を照らし出す。土間近くの板の間はグチャグチャになっていた。

(必死に手を尽くしてくれたんだな)

そう思うと、誠吾は思わず口元が緩む。

冲有に目を向けると、板の間の奥の部屋にお鈴を寝かし、そっと布団を掛けていた。

しかし、冲有は誠吾と目が合うと、声をひそめてなじる。

「なぜ、私のところへ連れてきたのです？　日本橋なら八丁堀のお屋敷へ向かうべきでしょう」

誠吾はヘラヘラと笑う。

「いや、冲さんじゃないと助からないかと思ってさ。俺の判断は間違ってなかったってわけだ」

冲有は、大きくため息をついた。

「迷惑なんですよ。寝てるところをたたき起こされて。しかも、こんな酷い怪我人。すぐは動かせないでしょう。面倒見るのは誰だと思ってるんですか」

「冲さんは優しいなぁ。面倒見てくれんのかい。ここには二階もあるし、手狭ってわけでもねぇだろう」

誠吾に言われ、冲有はしまったというように口を噤《つぐ》んだ。

「で、傷が塞がるまでどれくらいかかりそうなんだ？」

「……一ヶ月はかかるでしょうね。ずっとここに置いておくつもりですか？」

「動けるようになれば、親元に引き取ってもらうさね」

冲有は静かに頷いた。

「それまでは、頼むよ。先生」

誠吾はそう言うと両手を合わせて冲有を拝む。

冲有は、あからさまに「ハァ」と大きく息をついた。

「浅い傷が塞がったら出ていってもらいますよ。それに、おあしはたっぷりいただきますからね」

＊

あれから二ヶ月。雪は溶け、桜が咲いている。

ここは犬飼家の一室である。誠吾と冲有、お鈴が向かい合っていた。

お鈴はとても気まずそうに布団の上に座っている。

彼女は今、八丁堀の犬飼家で暮らしていた。火事から二週間あまり冲有の家で養生していたが、浅い傷が塞がったところで、養生先を犬飼家に移したのだ。

部屋の片隅には風呂敷で包まれた荷物が置かれている。あいだからはなにかの竹の柄がはみ出していた。

お鈴は、出火元の薬種問屋、伊丹屋主人の孫娘である。

火事では、伊丹屋主人夫婦が亡くなり、同居していたお鈴の叔母とその赤子も軽い怪我をしていた。

叔母と赤子は、夫の実家に世話になっており、大怪我をしたお鈴を引き取る余裕がない。そのため落ち着くまでは犬飼家で面倒を見ているのだ。

冲有は、お鈴の瞳をジッと見ていた。虎目石のような目が光っている。

冲有の視線から逃げるように、お鈴は視線を彷徨《さまよ》わせた。冲有の目は、なんでも見透かしてしまいそうで怖いのだ。

いたたまれなくなって俯く。結えなくなった髪がザッと落ち、顔を隠した。長かった髪は火事で焼けてしまい、今では切りっぱなしのおかっぱ姿になっている。

お鈴は冲有の視線から逃れホッとする。布団をギュッと握りしめ、唇を噛む。

緊張した空気に耐えられなくなったのは誠吾だ。

「冲さんは喉の火傷がよくなれば声も出るだろうと言ってたが、いっこうに話ができねぇみてえで」

そう説明してみる。

誠吾は、ガッツリと股を開きあぐらをかいている。留紺色の着流しから垣間見える肌が雄々しい。

「だから、火傷以外にまだどっか病気があるんじゃあねぇかって、先生を呼んだわけだ」

「はぁ」

誠吾の言葉に、冲有はやる気なさげに首筋を掻いた。

冲有は面倒ごとが嫌いな質《たち》だ。蘭方医をやっているのも、養い親がたまたま蘭方医だっただけで、大きな志などはないと平気でうそぶく。

とある事件をきっかけに誠吾と縁ができたが、それがなければ与力や同心《どうしん》などと関わろうとしなかったはずだ。

冲有にしてみれば、火傷さえ治ればお役御免と思っていたところを呼び出され、不満なのだろう。

「食事は摂っているんですか？」

「ああ、多くはないが飯は食ってるみたいだ」

「とりあえず診てみますか」

冲有は、娘の横ににじり寄った。

「口を開けてください」

冲有が優しげな声で言うと、お鈴は体を硬くした。キュッと唇を固く結ぶ。

「口の中を見せてください」

冲有が顎に手を伸ばすと、お鈴はフルフルと首を振った。

「耳が聞こえなくなっちまったのかね」

誠吾が首をひねる。

「聞こえてはいると思います。私の家で養生しているときは物音に反応していましたから。今だって言葉の意味はわかっていますよ」

冲有が笑うと、お鈴は動揺したように目を逸らした。

「それにしたって、口がきけなくなる病気があんのかい？　火事の直後は話したんだぜ？」

誠吾が尋ねるが、冲有は無視した。

「舌は出せますか？」

お鈴はオズオズと舌先を出す。

「色は悪くない。口の中はまだ痛いですか？」

お鈴は小さく頭を横に振った。

「喉や鼻は？　ほかに痛いところは？」

お鈴はキュッと目を瞑《つむ》り、俯いて首を左右に動かす。

「痛くないならよかったです。ゆっくり休んでいてください」

冲有は娘に微笑みかけ、布団の脇からツッとさがった。

そして、十徳を脱ぎ始める。

「どうだい、冲さん」

「甘い物が食べたいですねぇ」

冲有が言えば、誠吾は苦い顔をして立ち上がった。

「わかったよ、冲さん。今日は長命寺餅《ちょうめいじもち》がある。俺の部屋に行こうぜ」

冲有はニヤァと笑い、誠吾のあとを追う。

お鈴は簡単すぎるやりとりに呆気にとられた。もっと根掘り葉掘り聞かれると覚悟していたからだ。

冲有が障子を閉める瞬間、お鈴と目が合った。

お鈴はそれにギョッとして自分自身を抱きしめる。

(きっと、根古屋先生には嘘がバレてしまう)

そう思ったのだ。

しかし、冲有は唇に人差し指をあて「内緒」だといわんばかりに目配せし、スッと障子を閉めた。

障子に冲有の影が映る。音も立てないで歩く姿が、まるで猫みたいだとお鈴はボンヤリと思った。


冲有は誠吾の部屋で長命寺餅に手を伸ばした。塩漬けの葉から桜の香りが漂ってくる。障子越しの柔らかな光が、長命寺餅の白い肌に影を作る。

冲有は春の薫りをぞんぶんに楽しんでから、餅を口に入れた。こしあんを薄い小麦の皮が包み込み、さらに塩漬けの桜の葉でくるんでいる。

桜の香りが鼻に抜ける。サクリとした葉の食感に、モッチリとした皮。塩漬けのしょっぱさが、こしあんの甘さをさらに引き立てる。

「はぁ……美味しいですね」

冲有は湯呑みをチラリと確認した。白い湯呑みの中に、濃い緑のお茶が際立っている。湯気の様子からまだ熱そうだ。彼は猫舌なのである。

それではもうひとつ、と長命寺餅に手を伸ばす。

「で、冲さん。治りそうかい？」

誠吾がじれたように冲有を睨んだ。

「私は体の傷は治せますが、そういうのは領分じゃないんですよ」

「そういうの、ってのは？」

「心の傷です」

冲有はなんでもないことのように答えた。

「心なんか見えねぇじゃねえか。形がないもんに傷なんか付くもんかね」

「付きますよ」

「付いたとしたって、声が出ないのと関係あるかい」

「関係ありますよ」

冲有はズイと誠吾の脇腹に手を伸ばした。

誠吾は驚いて思わず身を引く。一歩間に合わず、冲有の指先が脇腹に刺さった。

冲有は愉快そうにニヤリと笑う。与力見習いのくせに隙だらけだといわんばかりの表情である。

「誠さんのことと同じです」

誠吾は思わずヒュッと息を呑んだ。

誠吾の脇腹には傷痕がある。元服前、とある事件に巻き込まれ刺されたときの痕である。このとき誠吾を助けたのが冲有の養い親だった。

傷はすっかり治ったが、今でも雨が近づくとシクシク痛む。刺された日は雨だったのだ。

息を呑む誠吾を見て、冲有はいたずらっぽく目を細めた。虎目石にたとえられる瞳だが、誠吾から見ると鼈甲飴《べっこうあめ》のように甘そうに見える。

「体の傷は塞がってもね、心の傷はなかなか塞がらないんです。そうして、治ったと思ったところでさえ、痛みをぶり返すこともあるんですよ」

冲有は誠吾から指をひいた。そうして、湯呑みを手のひらで包み込み、フウフウと息を吹きかける。

「お鈴は心に傷があるってのかい」

「そうでしょうねぇ。火事に巻き込まれたんです。怖い思いもしたでしょう。炎の中で助けを呼んだなら、そのときの喉の痛みを思い出して、声を出すのが怖いのかもしれません」

「傷があるんなら治してやってくれよ」

「だから、私は蘭方医です。そういうのは専門外なんですよ。いいお医者を呼んでやってください。このあたりならたくさんいるでしょう?」

冲有はズズッと茶をすすった。

「俺は冲さんよりいい医者を知らねえ」

誠吾は冲有を見つめた。黒目がちの大きな瞳が冲有を射る。黒い一文字眉は、一本気な性格そのままだ。

冲有は小さくため息をついた。自分にはない純粋な視線に冲有は弱い。

「心の傷には時薬《ときぐすり》が一番です。できるだけもとの環境に戻してやるのがいいと思いますよ」

「家に帰せっていうのか？」

「まぁ、養い親が亡くなったようですし、難しいのかもしれませんけれど」

冲有は湯呑みを置いて、もうひとつ長命寺餅に手を伸ばす。

誠吾はジッと冲有の指先を見つめ、顔を上げた。

「難しいっちゃ、難しいな」

「引き取り手が見つからないんですか？」

「いや、反対だ。叔母のお銀さんと、父親の鉄吉のふたりが引き取りたいと言っている」

「そりゃあよかったですね」

「それがよかねーんだ。鉄吉のほうは、お鈴ちゃんが三歳のころに伊丹屋から勘当されていて娘と離れて暮らしてた。お銀さんのほうは、伊丹屋で一緒に暮らしていた仲だ。安心して任せられるだろう。しかし、実父がいるのに叔母にってのもなぁってんで、鉄吉に引き渡そうとしたら、犬飼の母上が大反対だ」

誠吾は頭を掻いた。犬飼家の女衆はなかなかに気が強い。それでなくても、彼は彼女たちに頭が上がらない。これには少し事情があった。

代々与力を務める犬飼家には娘しかいなかった。そのため、家出した長男の子どもである誠吾を養子としてもらい受けたのだ。

誠吾は、十二歳になってから犬飼家の養子として迎えられた。

それまでは、犬飼家から家出をした父と、汁粉を売る行商人の母のもとで長屋暮らしをしていたのだ。

そのため、誠吾は養母を『犬飼の母上』と呼ぶ。犬飼家の人々は、優しくて気持ちがいいが、誠吾にはまだ家族というには遠慮があった。

「勘当されたような男に娘がまともに育てられるかってね」

犬飼家の奥方は、養子の誠吾を我が子のように可愛がるほどに、子どもに対しての情が厚い。そんな彼女から見れば、鉄吉は無責任に見えるのだろう。

「まぁ、ご内儀《ないぎ》様の気持ちもわかります」

「だけどよ、勘当ったって、理由は博打で借金だ。根っからの悪党とは違う。これを機に薬種問屋の主人になるかもしれねぇ。そうなれば心を入れ替えるだろうよ」

誠吾は鉄吉に父の面影を重ねて見ていた。

誠吾の父もまた、犬飼家から家出した男だったからだ。戯作者《げさくしゃ》としての夢を追い、稼ぎは悪かっただろう。しかし、父親としては優しい男だった。

そんな事情もあってか、誠吾は与力見習いとしていろいろな罪を見ていながらも、親子の情を信じている節がある。

もともと人は善いもので、悪に転ぶにはそれなりの理由があるのだと考えているのだ。

冲有は障子を見つめながら、餅を食べた。桜の葉がサクリと音を立てる。

「それで、鉄吉とお銀さんのふたり一緒にお鈴に会ってもらったんだ。懐いてるほうに引き渡そうってな」

冲有は指先をベロリと舐めると、険しい目で誠吾を見た。

「……それで？　どっちになったんです？」

「それが決まらねぇ」

「は？」

「お鈴ちゃんはふたりを見て、まるで人攫いにでも会ったかのように、頭を振ってイヤイヤをしたんだよ。そうして、鉄吉が近寄ったら、布団を被って亀の子みたいになっちまったんだ。お銀さんとふたりでどんなに声をかけようと、なだめすかそうと、怖がって布団から出やしねぇ。四半刻《しはんとき》〔約三〇分〕ばかりかかったが、どうにもならねぇから、犬飼の母上が『お鈴ちゃんが気の毒です』ってんで、その日はお開きにして帰ってもらったわけだ」

「……はぁ……」

沖有は茶を口に含む。

「記憶がなくなっちまったみたいなんだ。そんなこともあるのかね？」

「古い文献にも同じような例は載っています。鬼に連れ去られたのか、天狗にでも攫われたのか……。行き方知れずだった者が記憶をなくして遠くで暮らしていたなんて話もありますよ」

「……鬼か。……そういえば、お鈴ちゃん、火事場から出てきた直後に俺を見て『おに』って言ったんだ。そう、赤鬼って」

「赤鬼ですか？」

「火事の中で赤鬼の幻でも見たのかね。それもわからねぇ」

誠吾は眉を顰《ひそ》めた。

「だから、早く話ができるようになってほしいんだよ。そうすれば、なんで嫌なのか、なにが怖いのかわかって助けてやれるじゃあねぇか」

「誠さんはお鈴ちゃんを助けてやりたいんですね」

「そりゃあそうさ」

誠吾はあたりまえだと言わんばかりに鼻を鳴らした。

そこへ廊下を小走りでやってくる足音が聞こえた。

「誠吾さん、伊丹屋の鉄吉さんがいらっしゃいました」

女中の影が障子に映る。

「おう、ちょうどよかった。こちらに通してくれ」

誠吾が軽く答えると、影はペコリと頭を下げてそそくさと去っていった。

冲有が訝しげに誠吾を見ると、彼は気まずそうに笑う。

「鉄吉はこうやって毎日顔を出しにくる。お鈴には会わせていないが、様子を聞きたいってんでね。勘当されたっていったって、やっぱり人の親じゃねぇか。娘が心配なんだろうよ」

「ええ、立派なお父さんですね」

冲有がそう答え、誠吾は片眉を上げた。冲有が人を素直に褒めた試しはないため、意外に思ったのだ。

そのとき、障子が開いた。

女中にともなわれ、お鈴の父、鉄吉がやってきたのだ。こざっぱりとした銀杏髷《まげ》に、趣味のいい光悦茶《こうえつちゃ》の羽織姿だ。廊下に正座をし、腰低く頭を下げる。穏やかな物腰は、生粋の若旦那にみえる。勘当されて四年とは思えない。

「中へ入りねぇ」

誠吾の呼びかけにオズオズと頭を下げ、用意された座布団に座った。

鉄吉は風呂敷包みを解いた。中には赤い風車がひとつ入っていた。外仕事をしたことのなさそうな手だ。袖口からチラリと腕が見えた。肌が白いせいで、生々しい傷痕が目についた。

「これをお鈴に渡してやってください」

鉄吉はそう言って、風車を誠吾に押しやる。

「毎日、大変なことだね」

「いえ、娘が淋しい思いをしてるんじゃないかって……なにもできない情けない父です。せめてこれくらいはしないと」

鉄吉は切なげに眉根を寄せて、チラリと冲有を見た。

「ああ、こちらは蘭方医の根古屋先生だ。お鈴ちゃんの声が出ないのが心配でね、俺が呼んだ」

「それは、それは、お医者様でしたか。私の娘にありがたいことです」

鉄吉はにこやかに頭を下げたが、冲有は無表情で頷いただけだ。

「……それで、お鈴は？　まだ話せないんでしょうか？」

「声はまだ出ねぇが飯も食ってる。心配ないさ」

「いつになったら娘に会わせてもらえるんでしょうか。私は娘が心配で、心配で。一日でよいのです。お鈴に会わせていただきたい」

悲痛な面持ちをした鉄吉は、誠吾をすがるように見上げた。

「ああ、こんなに毎日来てくれてんだ。あんたが娘を心配してるのは嫌でもわかる。しかしなぁ、お鈴ちゃんを怖がらせたら元も子もあるめぇ」

「あのとき、お鈴は本当に私を怖がったんでしょうか？」

「っていうと」

鉄吉の話の先を誠吾は促した。

「あの子、臆病なところがありますから、たくさんの大人にびっくりしたと思いますよ。私たち町人がお武家様に囲まれちゃあ、大人でも緊張します。ふたりで会えば怖がらないんじゃないかと思っているんですよ」

「まぁ、たしかにな」

鉄吉の言葉に誠吾は大きく頷く。

鉄吉は誠吾の反応に気をよくしたのか、ツッとにじり寄り声をひそめた。

「……私もこんなことは言いたくないですが、あの日は私の妹も一緒でした。私でなく、お銀を怖がったのではないかと」

「なんだい。あのふたりは仲悪かったのかい？　聞いたことはなかったが」

「家の恥ですからね、大きな声では言えませんが、お鈴はお銀のややこの面倒を押っつけられていたと聞いています。それに……、お銀はあれから一度でも見舞いにきましたか？」

鉄吉の問いに誠吾は口を噤んだ。

「そりゃ、お鈴の様子で当分は会わせられないと犬飼の旦那もおっしゃった。だからって知らんぷりとはあんまり冷たいじゃあないですか。実の子じゃないとはいっても姪っ子だ。今まで信じて預けていたのに、兄として私は情けないですよ」

鉄吉はそう愚痴ると、鱗文様の手ぬぐいで目頭を押さえる。そうしていっそう声を低くした。

「そのうえ町じゃ噂です。火を付けたのは徳次《とくじ》じゃあないかって……」

誠吾は胡乱《うろん》げな顔で鉄吉を見た。

「徳次っていやぁ、伊丹屋の番頭、……お銀さんの旦那だろう？」

鉄吉は慌てて顔の前で両手を振った。

「噂です。噂で、私だって信じたくはありません。でもあの日、徳次だけがあの屋敷にいなかったそうじゃないですか。火が上がったあと、店の周りをウロウロしている徳次を見たと聞いています」

「ああ、うちの同心が話を聞いた。寄り合いの帰りだって言ってたな」

「……私は心配なんですよ。お鈴は私にとっちゃ可愛い娘だ。口がきけなくったって、火傷だらけだっていいんです。でも、お銀はそう思うかわからない。ましてや火付けだなんて」

　そう言って、鉄吉は手ぬぐいで口元を押さえた。

「私だって悪く言いたくないんですよ。でもね、娘を思うと……」

　鼻声で訴える。

「お鈴に……、お鈴に会わせてもらえないでしょうか。話せなくてもいいんです。怖がったらすぐに出ます。だからどうか……、お銀たちに会う前に」

「ああ、あんたの言い分はもっともだ。お銀さんたちに会わせる前にあんたを先に会わせよう。そもそも実の父だからな。だがなぁ、今すぐってわけには……」

　誠吾は冲有をチラリと見た。

　冲有は小さく横へ首を振る。

「だが、もう少しばかり待っちゃあくれねぇか？　きっと、お銀さんよりあんたに先に会わせるからよ」

「ええ、ええ、お鈴のためならいつまでも待ちますとも。くれぐれもよろしくお願いいたします」

　鉄吉はそう深々と畳に頭をつけると、暇乞《いとまご》いをした。

「……鉄吉さん」

　廊下へ出て障子を閉めようとする鉄吉に、冲有は声をかけた。

振り向く鉄吉の腰に、鱗文様の根付けがキラリと光る。本物の鱗のように光るのは螺《ら》鈿《でん》なのだろう。

「よい根付けですね」

沖有が褒めると、鉄吉は嬉しそうに眉を下げた。

「ええ、歩き巫女《みこ》〔各地を巡回して祈祷、占い、口寄せなどを行う巫女〕から買ったんです。人魚の鱗だかなんだか……眉唾ですけど綺麗でしょう。縁起物だとかで」

「御利益《ごりやく》はありましたか？」

「おかげさまで、運がついてきた気がするんです。お鈴も歩き巫女に合わせたいと思っているんですよ。きっと話せるようになると思うんです」

眉唾と言いながら信じている様子の鉄吉だ。

沖有は鷹揚に頷いた。

「あなたの娘さんに対する情の深さには感心しました。こちらを持っていってください。傷痕が綺麗になる薬です」

沖有はそう言うと、紙で封印されたハマグリをひとつ差し出した。中には軟膏が入っている。

鉄吉はそれを聞くとハッとして、袖口を押さえた。

「これはありがとうございます。ちょっと怪我をしましてね」

「そうですか。お大事に」

沖有は猫のように目を細めて笑った。

しばらくすると、女中が鉄吉が帰ったことを伝えにきた。

誠吾は女中に礼を言うと、口を開いた。

「てなわけで、俺はお鈴ちゃんと鉄吉さんを会わせてやってもいいかなと思ってる。父親のもとへ戻れば、口もきけるようになるんじゃねぇかって思うんだ」

誠吾は畳に置かれた赤い風車を見ながら言った。

「鉄吉さんは、毎日来るんですか?」

沖有の問いに誠吾は頷く。

「会えないのにな。切ない親心じゃねぇか」

「お鈴ちゃんの部屋にあった風呂敷包みの中は、もしかして風車ですか?」

「ああ、思い出の品なんだとよ。しかし、お鈴ちゃんは忘れちまってるのか、ああやって風呂敷に包んだっきりだ」

「伊丹屋のお銀さんは?」

「最初に来たきりだ。世話になるからってんで、充分すぎる金を置いてったよ。そりゃ、犬飼の父上がこちらから呼ぶまで来なくていいと言ったけどな。親父は来て、叔母は来ない。そういうのを見ちまうと、やっぱりお鈴ちゃんは父親に任せたほうがいいんじゃないかって。犬飼の父上は『てめーが引き受けたんだ、自分で考えろ』ってさ」

誠吾は言葉を区切って冲有を見る。迷いのある目だ。

冲有は大きくため息をついた。

「……誠さん、それでわざと私と鉄吉さんを会わせたんですね？」

誠吾はギクリとして目を逸らす。冲有は察しがいいのだ。誠吾が一を言えば、十も先のことを見通している。

「あ、いや……」

「あなたはなにか引っかかってる。でも、それがはっきりとわからない。だから私に見極めさせようとしたわけです」

「そんなつもりはなかったが、そうだったのかもしれねぇ」

誠吾は、すまねぇと頭を下げた。

「鉄吉はいい父親だと思う。お鈴ちゃんだっていつまでもここに置いておくわけにはいかねぇ。引き渡すなら血が濃い親がいいだろう。でも、犬飼の母上の言うことも一理ある」

はーっと誠吾は長い息を吐く。

「……冲さんはどう思う？」

「私が口出すことではないですよ」

「でも俺は冲さんの考えを聞きたいんだ。冲さんはいつも俺とは違う見方を教えてくれるからな」

誠吾の正直な気持ちだった。冲有に相談すると新しい考えを示してくれるのだ。

誠吾に真っ直ぐな目を向けられて、冲有は怯んだ。黒目がちの大きな瞳が、冲有を射る。冲有は居心地悪そうに首の後ろを掻いた。

「私がお鈴ちゃんなら父親とは暮らしたくないですけどね」

キッパリとした言葉で答える。

誠吾は意外そうに目をしばたたかせた。

「なんでだ」

「あの人に娘の世話なんかできませんよ。しかも口のきけない娘、記憶もなく懐かない娘。手に余るのが見えています」

「暮らしてみなきゃわからねえだろ？」

「そんなことはありません。風車を見ればわかりますよ」

「風車？」

「ええ。お鈴ちゃんは今いくつなんです？　いくら思い出の品だといったって、風車なんてたくさん欲しいもんじゃないでしょう？　実際、お鈴ちゃんは困ってる」

部屋の片隅に押しやられていた竹の柄が突き出た風呂敷。それにお鈴はまったく興味を示さない。

「そりゃ今は記憶がないからで、思い出せば喜ぶんじゃねえのか？」

「それにしたって、馬鹿のひとつ覚えみたいに、同じ物はどうなんでしょうね。お鈴ちゃんがどんな反応しているのか確認もしないようですし。本当に娘のことを考えていたら、娘の欲しがる物を探して用意するでしょうよ。私には自分が与えたいものを押しつける身勝手な人にしか見えません」

「……冲さんは厳しいなぁ……」

誠吾はへニャリと眉をハの字にする。

しかし、言われてみればそうかもしれなかった。

「あの人はいくらか包んできたことがありますか？　自分の娘が面倒見てもらっているんです。普通なら少しは包むものでは？」

「いや、ねぇよ。だけども、そりゃ、勘当された身だ。お銀さんと違って、用立てできなくてもおかしくはねぇ」

「でも、こざっぱりした格好だった。螺鈿細工の根付けをしていましたよ。きっと高価なものでしょう。毎日風車も買える」

誠吾は口を噤んだ。

ウグイスが鳴いている。

「自分のためにならん金が使える、そういうお人だ」

　冲有は茶をすすった。

「さっき渡した薬も、ためらいなく受け取りました。薬種問屋の生まれといっても、勘当された身だ。お金がないのはわかります。ただ、薬種問屋の元若旦那だからこそ、価値がわかるはずだ。少しぐらいは遠慮しそうなものですけどね」

　誠吾は、疲れたように長い息を吐いた。

「だがなぁ、鉄吉が言うように番頭が付け火をしたなら、話は変わってくると思わないか？」

「番頭さんが付け火？」

　冲有はクスリと笑った。

「なんだい、冲さん」

「いえ、伊丹屋の火元は主人夫婦の寝間ではなかったんですか？」

「冲さんの言うとおりだ。一番火の勢いが強かったのはそこだ。お銀の話では、お鈴は主人夫婦と川の字で寝ていたらしい。火事に気がついたお鈴が、お銀に知らせに来たと言ってたから、間違いないだろう」

　誠吾は答えて、顔をしかめた。

「……まてよ……なんで今さらそんな噂が……」

「それを調べるのが誠さんの仕事じゃないんですか？」

言われて誠吾はウッと言葉を詰まらせた。

「噂はもちろん調べるさ。本当に火付けなら重罪だ」

答えつつも、冲有にはすでに答えに見当がついているような気もするのだった。

＊

誠吾は日本橋の時の鐘近くにある髪結床《かみゆいどこ》で髪を整えていた。

八丁堀の役宅には養父のために周り髪結いが来るのだが、誠吾はときおり市井の髪結いの世話になる。髪結床は噂話が集まる場でもあるからだ。

ここは人気の髪結床である。髪を結いおわった者も今から髪を結う者に交じって、ワイワイと世間話を楽しんでいる。

「お鈴ちゃんは元気？」

髪結いの女は気さくに話しかける。

「ああ、ただ、口がきけなくてね。まだ少し養生が必要そうだ」

「誠吾さんのところにいれば安心だね」

女はカラカラと笑う。

「そういや、伊丹屋さんはすっかりもとどおりだね」

「湿っぽい日でよかったさね。周りに火は移らなかったし、伊丹屋を建て直して終わりだってさ」

客の男が答える。周りにいた客たちも口々に「大火にならずによかった」と笑いあっている。

「あとで顔を出してみよう」

誠吾が答えると、客のひとりが誠吾に尋ねた。

「なぁ、あれは付け火だったって本当かい？」

「……噂になってんのかい？」

誠吾が聞けば、周囲は頷いた。

「今調べてるところだよ。おまえさんたちもなにか知ってたら教えてくれよ」

誠吾がニッコリ笑うと、髪結いの女は顔を赤らめた。

誠吾は気持ちもいいが、見た目もいい。いなせな細刷毛小銀杏で、上背があり、胸板も厚い。大工のような筋肉質な体のうえ、武家らしく刀を差す。しかし、その剣を市井の者に抜くことはない。相手が剣を抜かぬなら、あくまで腕で黙らせる、男も惚れるいい男だ。

そのうえ、武家だからといって、威張るわけでもなく、気さくに町人に交じって話す。

子犬のように人懐っこい笑顔で頼まれれば、老いも若きも快諾してしまうのだ。

「……いや、俺が聞いた話じゃね、伊丹屋の番頭さんが主人になりたいからって、夫婦を殺して火を付けたって……」

ひとりの男が話しだす。

「そりゃおっかねぇ話だな」

誠吾が合いの手を入れる。

「たしかに番頭さんもいい年だしね、ややこも生まれた。でも、鉄吉さんが戻ってくれば、どうなるかわからない。……そう思えばねぇ」

違う男も口を挟む。

「理由はある……と」

誠吾は先を促すように頷いた。

「この火事で一番得したのは誰かってことさ。それに、あの日、あの人だけいなかったそうじゃないか」

「寄り合いだったらしいぜ。前から決まってたことだしな、証人もいる」

「でも、自分の家族は傷ひとつないんだぜ？　お鈴ちゃんはあんな大怪我したのにさ。お銀さんと息子はピンピンしてる」

男たちは自分たちの知っている話をワイワイと誠吾に伝える。

「たしかにな、おめーらの言うとおりだ」

誠吾が深く頷くと、男たちは誠吾の力になれたと満足そうな顔で笑った。

すると、髪結いの女が誠吾の耳元へグッと唇を寄せる。甘い女の匂いが立ち上がった。

「あたし、今気がついたんだけどさ、下手人は番頭さんとは別にいるね、きっと」

誠吾は無言で女に視線を送り、先を促した。

髪結い女はヒソと声をひそめた。

「お銀さん、じゃないのかね？　そうしたらつじつまが合うでしょう？　わざと寄り合いの日を狙ったんだ。そうすれば、一番疑われやすい番頭さんは疑われない。それにまさか自分の親を焼き殺すだなんて思いやしないからね」

ふたりの視線がバチリと絡み合う。髪結い女の言葉に誠吾はコクリと無言で頷いた。

女は、自分こそが一番有益な情報を誠吾に渡せたとご満悦だ。

誠吾はサッパリとした月代《さかやき》を撫でた。

「さすがだ。また来るよ」

誠吾が言えば、女はうっとりと微笑んだ。

誠吾は伊丹屋の裏道までやってきていた。

伊丹屋の周辺だけ真新しい木の香りが漂っている。

長屋では子どもたちが遊んでいる。たらいの上にゴザを載せ、貝を回している。貝独《べいご》楽《ま》だ。カチリと貝同士がぶつかって、ひとつはじき出された。

誠吾は貝を拾うと子どもに手渡してやる。

「誠吾さんだ！　あそぼ！」

屈託ない遊びの誘いに、誠吾は応じる。貝を借りて一緒に貝独楽に興じる。

誠吾は、犬飼家の養子になるまで長屋で育った。誠吾が十の年に父は病で亡くなり、それから十二になるまでは母とふたりで長屋に暮らしていたのだ。

犬飼家から迎えが来るまで、誠吾は自分の父の生まれを知らなかった。養父の犬飼信二郎は、誠吾の父の弟である。

誠吾にしてみれば、八丁堀を歩くより、こうやって長屋のあいだを歩くほうが気楽だった。

「お鈴ちゃんは元気？」

近くで独楽を見ていた女の子が尋ねる。

「ああ、怪我は治ったよ」

「帰ってくる？」

子どもの問いに誠吾は一瞬言葉を失った。

お鈴が鉄吉のもとへ行くことになれば、お鈴はここに戻らない。

「……ああ」

歯切れの悪い誠吾の言葉に、女の子は疑わしげな顔をした。

「……おとっさんのところへ行くの？」

「かもしれねぇ」

誠吾は答えた。

「「えー‼」」

貝独楽を回していた子どもたちが声をあげた。

「あのおじさん、なんか怖い」

「鉄吉が怖い？　なんでだい」

誠吾は首をかしげる。

犬飼家に来る鉄吉は、人のいい若旦那風だ。見た目もこざっぱりとして、優しげである。

「だって、だらしない格好してる」

「それにここに来るときはいつも酒飲んでるよ」

「お鈴ちゃんにお酒を渡して帰るだけだ」

子どもたちは不満気に騒いでいる。

「お酒を渡す？」

「うん、伊丹屋さんへ渡すように言いつけて、家に入れてもらえないかって頼むんだ。『よくよく謝ってくれ』ってさ」

「お鈴ちゃんは届けに行くけど、いっつも断られてさ。かわいそうだったよ」

「断られて戻ってくると、おじさんは怒るし」

「お銀さんに見つかると、そのたびにお鈴ちゃん叱られて」

「お鈴ちゃんがお銀さんに叱られるのかい？」

誠吾が尋ねる。

子どもたちは頷きあった。

「『あんな人に会っちゃいけない』ってさ」

「そんなこと言ったって、アイツが勝手にくるんだ。俺たちにどうしようもないよ」

子どもたちは大人たちの理不尽さに憤っている。

たしかに、父と祖父母のあいだに挟まれ、お鈴は難儀しただろう。

「……そういえば、このあいだお酒受け取ったよね。仲直りしたのかな？」

女の子が誠吾を見た。

「伊丹屋さんがお酒を受け取ったのかい？」

「うん。その日は文と一緒にお酒を渡してた。いつもと違って銚子の口に飾りが挿さってて珍しかったから覚えてる。……お鈴ちゃんに酒まんじゅうも。『いつも悪かったね』って言って、それで、お鈴ちゃん『おじじさまとおとっさんが仲直りしたら嬉しい』って言ってた」

「そうだったのかい」

「うん、『もったいなくて、おまんじゅう食べられない』って言ってたよ」

誠吾はその言葉を聞き切なくなる。

お鈴は、薬種問屋の孫娘だ。酒まんじゅうが珍しいわけではあるまい。それをもったいないと言うほど感動するとは、親子仲の複雑さを垣間見るようだ。

「ねぇ、もし仲直りしたら、お鈴ちゃんここへ戻ってくるの？」

女の子に問われ、誠吾は微笑んだ。

「そうさな、そうなるかもしれねぇな」

だったらいいな、と子どもたちは笑いあう。

「ところで、酒を受け取ったのはいつかわかるかい？」

「うん！　だって、あの火事の日だもん‼」

子どもたちはウンウンと頷いた。

「火事の日……か」

誠吾は伊丹屋を見た。

「あやめ、いときり、あやめ団子～」

棒手振《ぼてふ》りのいい声が響いてくる。

ちょうどあやめ団子を売る棒手振りがやってきたのだ。あやめ団子は、竹串に刺した団子に黒蜜を塗った、手軽な菓子だ。

誠吾は棒手振りを呼び止めると、子どもたちにあやめ団子を買ってやる。話をしてくれた駄賃代わりである。

子どもたちは棒手振りに群がると、その場であやめ団子を食べ始めた。カサカサに荒れた頰に黒蜜がついている。

誠吾は子どもたちに手を振って、長屋をあとにした。

それから誠吾は伊丹屋へ向かった。

店の表から声をかけると、丁稚《でっち》がいそいそとやってきた。

店の奥に案内され、しばらくすると、お銀自らお茶と菓子を運んできた。

お銀の顔は疲れ切っている。

「お鈴は元気ですか？」

開口一番、お銀はそう尋ねた。

誠吾は頷く。

「まだ話はできないがな」

「……そうですか。……まだ戻れませんか」

少し淋しげなお銀の背では、金太がスヤスヤと眠っている。

「お金は足りていますか？　薬が必要ならなんでも用意いたしますので」

「ああ、心配はいらない」

誠吾は軽く答える。

「今日はなんのご用でこちらまで？」

「なにか変わったことはないかってね、ちょっとこのへんを歩いてたんだ。ちょうど伊丹屋さんが見えたから、新しい店の様子でもってね。どうだい、少しは落ち着いたかい」

誠吾の言葉にお銀は困ったように笑う。

「ええ、おかげさまでだいぶ落ち着いてきました。それでも大切な物がたくさん焼けてしまいましたので少し大変です」

「大切な物？　伊丹屋さんには土蔵があったろう？」

「ええ。ありがたいことに大事な商売道具は土蔵にあったんで助かりましたが、父が商いとは別に趣味で書き付けていたような薬の作り方なんかは、全部寝間にあったんで……」

そこまで言って喉を詰まらせた。唇を噛み俯く。涙をこらえようとしているのだ。

「この子、夜泣きが酷いんです。でもね、父の煎じてくれた茶を飲めばよく寝てたんです。お鈴も夜泣きが酷くって、父がいろいろ考えて。でも、私にはなにを煎じた茶だったのかわからなくてね。あれからずっと夜泣きして、……なんであんなことに……」

震える声でポツポツと話す。

「行燈が原因だそうだね」

お銀はコクリと頷いた。

「父は細かい性分で消し忘れるなんてことはなかったんですけど……。あの日に限って酒を飲んでて……、酒を飲むと朝まで起きないんです」

「あの日に限って酒を飲んでた？　いつもは飲まねえのかい？」

「はい。ここ数年、酒を断ってたんですよ」

「なんであの日は飲んだんだい」

誠吾が尋ねると、お銀は言いにくそうに目を逸らした。

「……なんだか珍しい御神酒《おみき》をいただきましてね。人魚のヒレ酒だそうで、長寿の御利益があるんだとか。有り難がって父も母もいただいたんです。私は、あんなもの捨てちまえって言ったんですけどね。今となっちゃあとの祭りです」

お銀は吐き捨てた。

背中の赤子がフエと小さく泣き声をあげる。

お銀は慌てて背中を揺らした。

誠吾はお銀をマジマジと見た。会話の端々に違和感を抱く。お銀は明らかに、鉄吉の名前を隠して話している。

「捨てちまえ……か、なんでお銀さんはそう思ったんだい？」

お銀は誠吾の問いに身を硬くした。

赤子の泣き声が大きくなる。お銀は立ち上がり子どもをあやす。

「ろくでなしが持ってきた物なんか、飲みたくないじゃないですか。それに私は乳をあげてますからね」

誠吾に答えながら、赤子の尻をトントンと叩く。

「ろくでなしって誰だい？」

誠吾が問うと、お銀はギュッと目を瞑った。背中で泣く子をヨイヨイと宥める。

「あー、よしよし、そろそろ、お乳の時間だね」

お銀は誠吾の問いをかわし、ペコリと会釈した。

「すいませんね。金太に乳をあげなくちゃいけません。主人を呼んできますから、どうぞごゆっくり」

「お銀さん、あの日、鉄吉が来たんだな？　酒には文がついていた、違うか？」

誠吾の言葉にお銀は振り返らずに答えた。

「私は知りません。みんな火事で燃えちまいました」

絞り出すような声だった。

入れ替わるように伊丹屋番頭の徳次がやってきた。

「すいませんね、赤ん坊が煩くて」

徳次は口ではそう言いながら、ニコニコと目尻を下げている。年をとってからの子どもが可愛くてしかたがないのだろう。

徳次は四十近い男だ。髪には白髪が交じっているが、恰幅がよく溌剌としている。お銀とは一回り以上も年が離れていた。お銀と結婚したのは二年前。勘当された鉄吉がみかぎられたのがきっかけだ。

伊丹屋の主人は、息子を諦め、娘に店を継がせるために番頭を婿にしたのだ。

若い娘を妻にして、子も生まれもうすぐ一年。ゆくゆくは伊丹屋の主となる徳次のことを、果報者《かほうもの》だと呼ぶ者もいる。

「赤ん坊なんざ、泣くのが仕事だ」

誠吾が笑うと、穏やかに頷く。

「そう言ってもらえるとありがたいです。でも、お銀はだいぶまいっているようでして」

「お銀さんが？」

「ええ、今までは伊丹屋の奥様もお鈴ちゃんもいましたから、誰かがどうにか金太の面倒を見てくれたんですけどね」

「女中もいるだろう？」

「ええ、でも人手が足りないのでね……」

新しくなった店先はスッキリと美しいが、内情はそうはいかないらしい。

「やっぱりお鈴ちゃんがいないのは淋しいもんですよ」

徳次はしみじみと言った。

「お鈴ちゃんは金太の世話をしてたのかい？」

「ええ、ええ、よく見てくれてました。お店に来るお客のことも、よぉく覚えているんです。気がつくし、気が利くしね」

「自慢の娘のようだね」

誠吾が指摘すると、徳次はハッとした。

「店の主人のお孫さんに図々しいかもしれないですけれど、小さいころから見てますんでね。自分の子のように可愛いですよ」

「そうかい」

「それにあの子は親の縁が薄いですから。三歳で母親がなくなり、父親は勘当です。お銀も、親の分まで自分が可愛がってやるんだって言ってました」

徳次の言葉に誠吾は頷く。

徳次は誠吾に茶菓子を勧めた。花形の干菓子が並んでいる。

誠吾はひとつ摘まむと、ポンと口に投げ入れた。カリと口の中で割れる。ズズッと茶を飲む。

「……噂を聞いてやってきたんでしょう」

徳次は誠吾を見た。

誠吾はゆっくりと頷く。

「あんたの言う噂と、俺の聞いた噂が一緒かはわからねぇが」

「私が火付けをした、という噂です」

「知ってたのかい」

「知ってるもなにも、先日店先で無頼《ぶらい》の輩に騒がれたんですよ」

徳次は大きくため息をついた。

「騒がれた?」

「ええ、火事のときいなかった私が下手人だとね、そんな下手人が店を継ぐのはおかしいと。坊ちゃんに店を返せってね。お銀は少しのあいだ店を閉めようと言いましたが、薬がないと困るお人もいます。それに、そんなことをすれば下手人だと認めたと思われますから」

「まぁそうだな」

たしかに、徳次の言うとおりだ。後ろ暗いことがなければ堂々としていればいい。

「でも、お銀は怖がっています。金太になにかあったらと、それなら店を閉めようと」

お銀の気持ちもよくわかる。か弱い女子《おなご》どもにすれば、疑いを晴らすことより、身の安全が第一だろう。

「犬飼様も私を疑っておいでですか？」

徳次は落ち着いた声で尋ねた。

「……いや。あんたには証人がいるじゃねぇか。火が上がった時分、寄り合いに行っていた。それはその席にいる全員が証言してくれた。火事のあと、店の周りをうろついていたってのも、番頭ならあたりまえだろう」

誠吾の言葉に、徳次は安堵したように微笑んで深く頭を下げた。

それに火元は主人夫婦の寝間だ。行燈が倒れたのが原因だと聞いている。

徳次が下手人なら、途中で寄り合いを抜け出し、寝間へ入って行燈を倒し、もう一度寄り合いに向かったことになる。なにかの仕掛けでもしなければ、無理だろう。

（なにか仕掛けがあるのか？）

誠吾はハッと顔を上げた。

（徳次も主人夫婦が酒を飲んだことを知っていたのなら話は別だ）

「あの日、鉄吉が酒を持ってきたのを知ってたかい？」

誠吾は徳次を見た。

徳次は息を呑んで目を見開く。そうしてマジマジと誠吾を見た。

誠吾の瞳が真っ直ぐに徳次を見る。

徳次は諦めたように大きく息を吐いた。

「……ええ、詫び状と一緒に御神酒を……お鈴ちゃんに押しつけたんですよ」

「押しつけた？」

「坊ちゃんの悪い癖でしてね、嫌なことから逃げちまう。たしかに伊丹屋の旦那様は厳しい方だった。怖いのもよくわかります。でも、坊ちゃんは勘当されてから、一度だって直接旦那様に詫びたことがなかったんです。いつでも、私やお鈴ちゃんに言づてさせる。たまにはお鈴ちゃんを使って屋敷まで入ってくる。そういうやりようが旦那様の怒りを買うんだと、何度言っても謝りには来なくて……」

「それなのになんであの日は受け取ったんだ？」

「あの日、坊ちゃんは初めてお鈴ちゃんに手土産を渡したんです。棒手振りが売る珍しくもない酒まんじゅうだった。『夕餉《ゆうげ》が食べられなくなったら困るから、夕餉のあとに食べるように』なんて言いつかってきたらしくてね。親らしいことを言えるようになったと感心したくらいです」

徳次は思い出すように遠い目をした。

「それをお鈴ちゃん、懐に抱いて大事そうにしてました。その喜びようを見てたらね、誰だってほだされるでしょう。旦那様もいつもなら突っ返すものを受け取って、書き付けを見てみれば、長寿を願った御神酒だとある。やっと親の心がわかったのかと、そりゃあ喜んで。坊ちゃんが心を入れ替えるまで断つと言ってた酒を飲んだんです」

「旦那が酒を断ってたのは鉄吉のためだったのか」

徳次はコクリと頷いた。

「私も嬉しかったんですよ。やっと坊ちゃんがお鈴ちゃんのことを考えてくれたって。火事さえなければ、次にちゃんと旦那様に謝っていれば、坊ちゃんの勘当も許されたと思います」

誠吾は顎をさすった。

「そういや、鉄吉の勘当はどうなるんだ？」

徳次は困ったように目を泳がせた。

「……私にはなんとも……。旦那様が許すと書面を残したわけでもないですし……」

「なら、あんたが伊丹屋を継ぐんだね」

徳次は感情を見せずに答えた。

「無頼の輩もそう言いましたがね、ここは私の店じゃありません。土蔵に残っていた書き物には、お銀に継がせるよう書かれていました」

誠吾はもうひとつ干菓子を口に放りこむ。

「ああ、そうだな。すまねえ。野暮《やぼ》なこと聞いちまった」

徳次は静かに頭を振った。

「変な噂を聞いたらさ、あんたには証人がいるって、ちゃんと言っといてやるよ」

茶で喉を潤してから、誠吾は立ち上がった。

店をあとにしようとしていると、疲れた様子のお銀が風呂敷包みを持ってやってきた。

「これ、お鈴に渡してやってください。新しい着物が入っています」

誠吾が風呂敷を受け取ると、袂にそっと白い紙が落とされる。心付けだ。町を見回る与力や同心などは、店の主などから渡されることも多いのだ。

（こういうところは商人《あきんど》だ。鉄吉とは違ってきっちりしてる）

そう思いつつ誠吾がお銀に目をやると、お銀は額を畳に擦りつけた。

「どうぞ、どうぞ、お鈴をよろしくお願いします」

「そんなに心配するな、お銀さん」

「話せるようになったら、すぐに連絡をくださいまし」

「ああ、わかった」

誠吾は答えると伊丹屋をあとにした。

八丁堀への道を誠吾は歩く。葉の多くなった桜からハラハラと花びらが落ちてくる。雨が来るのだろうか。桜の葉の匂いがツンと鼻に抜け、心がザワザワと音を立てている。

（伊丹屋の火事は火付けだったのか）

誠吾は考えていた。

——お銀さん、じゃないのかね？　そうしたらつじつまが合うでしょう？——

髪結い女の甘ったるい声が耳にこびりついていた。

出火後の見聞では失火だと思われていた。火元は伊丹屋夫妻の寝間だとお銀が言っていた。一緒に寝ていたお鈴が起こしに来たのだと。

（でも、お銀の証言が嘘だったら）

一番酷く燃えていたのは寝間だった。お鈴が一番火傷を負っている。寝間から出火したのは間違いないだろう。

だとしたら、家の外からの火付けではなく、中にいる者が火付けをしたことになる。

徳次は寄り合いに行っていた。証人もいる。普通に考えたら無理だろう。

（しかし、協力者がいたら？　お銀が協力すればできないことはねぇ）

今回の火事で一番得したのは徳次だ。伊丹屋の主人が死んで、店は徳次とお銀のものになるだろう。もし、あの日でなかったら、鉄吉の勘当が許されて、店は鉄吉が継ぐことになったかもしれない。

たとえば『鉄吉の勘当を解く』と書かれたものが、夫婦の寝間にあったのなら。

徳次もお銀も、ふたりが酒を飲んでいたことを知っていた。朝まで目を覚まさないと知っていたのだ。

その上、お銀は兄のことを毛嫌いしていた。鉄吉が店を継ぐことになったら、一緒に働くのは嫌だろう。

誠吾はブンブンと頭を振った。

（いや、それにしたって、自分の親を焼き殺すかい？　お鈴ちゃんまで焼き殺すつもりだったのかい？）

考えてゾッとする。袂に入れられた心付けがいやに重い。

（そういう意味の心付けなのかね。そういえば、はじめに伊丹屋さんから貰った金も充分すぎるほどだったと言ってたな）

鉄吉は一切心付けなど持ってこない。朴訥《ぼくとつ》なのか、素直なのか、世間ずれしていないお坊ちゃんのように思えた。

（比べてみるとお銀さんは世慣れして見えるな）

もう一度ブンブンと頭を振る。

（そもそも噂じゃねぇか。はじめっから火付けじゃねぇんだ）

フウと大きくため息をついた。

お鈴と変わらない年頃の男の子が、道ばたに筵《むしろ》を敷いて風車を売っている。

赤・青・黄、色とりどりの風車がカラカラとむなしい音を立てていた。

誠吾は犬飼家のお鈴の部屋にいた。お銀から預かった風呂敷を渡すためだ。

「伊丹屋のお銀から預かってきた。新しい着物だそうだ」

お鈴は深々と頭を下げた。

年の割に聞き分けのよい子だと今さらのように気がつく。

怪我をしているからなのか、口をきけないからなのか、長屋の子どものように、遊びや菓子を強請《ねだ》ることもない。

(そういや、好き嫌いもないって、女中が感心していたな)

そんな娘がはっきりと拒絶したのは、自らの父と叔母だった。

記憶がないせいかと思っていたが、犬飼家の人々にそんな様子を見せたことはない。

「まぁ、開けてみなよ」

お鈴は、誠吾に促され風呂敷を広げた。中には誠吾も伊丹屋で食べた干菓子に千代紙、赤本、そして巾着《きんちゃく》には小銭が入っていた。赤本とは絵本のことだ。買うとなるとなかなか高額なものである。

お鈴は赤本を手に取って嬉しそうに抱きしめた。犬飼家に来て初めて見せる笑顔だ。

(お鈴を喜ばせたのは、父親の風車じゃなくて、叔母の用意した赤本か)

誠吾は複雑な気持ちになる。

(犬飼の母上が言ったように、鉄吉には娘を育てられないかもしれねぇな)

毎日ただただ風車を持ってくる姿は、誠実でいじらしくはある。しかし、裏を返せば世間知らずともいえた。

(お鈴はお銀に任せたほうがいいだろう。でも、お銀が火付けの下手人なら?)

誠吾はハッとした。

(もしかして、付け火なら、お鈴は下手人を見たんじゃあねえのか? 赤鬼ってのが、もしかしたら下手人のことだったんじゃ……)

仮に付け火だったとしたら、お鈴がすべてを思い出せば、犯行が明らかになる。下手人は誰よりも早くお鈴に会い、口を封じたいだろう。だとしたら、お鈴の命が危ない。

――話せるようになったら、すぐに連絡をくださいまし――

お銀はそう言った。

誠吾はお鈴を見た。お鈴は夢中で赤本を読んでいる。

「なぁ、お鈴」

誠吾の声にお鈴は顔を上げた。

「なんか思い出したらよ、一等先に俺に教えてくれよな」

お鈴は固まったように誠吾を見て、ぎこちなく頷いた。

お鈴のこわばった顔を見て、誠吾は首筋をガリガリと掻く。

（早まっちまったかな）

そう思い付け加えた。

「いや、無理に思い出せって言ってんじゃねえんだ。もし、思い出したら、って話だからよ。気にすんな」

誠吾の言葉に、お鈴は暗い顔のままコクリと頷いた。

＊

誠吾は冲有の家に来ていた。

患者を通す板の間のさらに奥にある部屋では、白猫が寛いでいる。

誠吾は板の間で冲有と向かい合っていた。

冲有の膝には若い黒猫が寝ていた。誠吾の足もとにはトラ猫が転がっている。

誠吾は先日聞いてきた話を語った。知恵を貸してもらおうと思ったのだ。

髪結い女の話。お銀の話。徳次の話。そしてお鈴の様子だ。

冲有は興味がなさそうに聞いている。ただただ黒猫を撫でている。

「ってなわけで、俺はどうしたもんか悩んでんだ」

冲有は大きくあくびをした。

「冲さん、冷たくしないでおくれよ」

誠吾はすがるような目を冲有に向ける。

「いきなり上がり込んできて、ベラベラと話されてもよくわからないんですよ。誠さんはなにが知りたいんですか？」

「なにって……」

「お鈴ちゃんが帰る場所ですか？　それとも火付けをした人ですか？」

冲有はつまらなそうに黒猫を撫でている。

「火付けって、あれは火付けだと思うのかい？」

誠吾がズッと身を乗り出してきて、冲有はしまったという顔をした。

「そういうことなんだな。それで、冲さんは目星がついている……、と」

冲有は黙ってそっぽを向いた。

「火付けじゃないと決まったものを掘り返す意味なんかあるんですかね」

「あるに決まってるだろ！　もしお鈴ちゃんが下手人を見てたんなら、殺されるかもしれねえんだ！」

荒ぶる誠吾に驚いて、冲有の膝の上にいた黒猫が逃げていく。

トラ猫はタシリと尾っぽで誠吾を叩いた。

「……お鈴ちゃんはまだ話せませんか？　記憶もない？」

「ああ。でもいつまでも置いてはおけねえだろう？　声が戻らなくたって、いずれは鉄吉かお銀さん、どちらかに返さなきゃならねぇ。ずっと犬飼の屋敷に置くわけにははいかねえんだ」

それはそうでしょうけれど、と冲有は肩をすくめた。

「お鈴ちゃんが黙っていることを私が暴くのは気が咎めます……」

冲有は言葉を濁す。

（やっぱり、冲さんには目星がついていたんだ！）

冲有は誠吾の集めた情報だけで真実にたどり着いたのだ。

「わかってるなら教えてくれよ。じゃないと、むりやりお鈴ちゃんから聞き出さなくちゃいけなくなる。頼むよ……」

誠吾はそう頭を下げた。

冲有は苦虫をかみつぶしたように眉間にしわを寄せた。そうして大きくため息をつく。

「……火付けをしたのは、たぶん鉄吉さんですよ」

冲有の言葉に誠吾は乾いた声で笑った。

「冲さん、そりゃないだろうよ。鉄吉には親を殺す理由がない」

そう笑いながら言う誠吾を、冲有は呆れたような目で見る。

「そうですか？　伊丹屋のご主人を一等恨んでいるのは、あのお方じゃないですか？　それに私が言ったところを探してもらえば証拠も出ると思います」

誠吾は笑いを引っ込めて。冲有を見た。たしかにそうだ。

あの家族の中で、伊丹屋の主人といがみ合っていた唯一の人間なのだ。

「……おいおい……」

誠吾は思わず呟く。

「冲さん、手を貸しちゃくれないか？」

誠吾の問いに冲有は黙って頷いた。

＊

誠吾と冲有は、鉄吉のいる自身番屋《じしんばんや》〔江戸の町々に設置された番所〕へやってきていた。

あれから誠吾は冲有の話を聞き、鉄吉への疑いを深めた。

誠吾が養父の信二郎に上申し、鉄吉を火付けの疑いで捕らえたのだ。しかし、鉄吉は頑として罪を認めない。そのため、下吟味《したぎんみ》をすることになった。

その下吟味の協力者として冲有へ出向いてもらったのである。

自身番屋のとある部屋に入ると、手鎖を付けた鉄吉が、意気消沈とした姿で正座していた。羽織を脱がされた小袖姿だ。腰には鱗文様の根付けがぶら下がっている。

弱々しい若旦那といった様子が哀れみをさそう。

同席している同心たちが厳しい目で鉄吉を見定めている。

そこへ与力の犬飼信二郎が入ってきた。様子を見にやってきたのだ。

「伊丹屋火付けの疑いで、テメェを吟味する」

同心の声に、鉄吉は平伏しつつも反論する。

「恐れながら、私にはなんの心当たりもなく……あれは、付け火だったんですか?」

鉄吉の声を受け、信二郎は誠吾を見て顎をしゃくった。

誠吾に「やってみろ」と言っているのだ。同心も同意するように頷いた。

誠吾はゴクリと固唾を呑んだ。与力見習いといっても、下吟味を任されるのは初めてである。

冲有に視線を送る。冲有は関心がなさそうに、生あくびをしていた。早く帰りたいと言わんばかりの態度である。

誠吾は気合いを入れる。

冲有の助言で手に入れた証拠をもとに、鉄吉に自白させるためだ。

「火事があった日の夜、塀の外側に踏み台が置かれていたと火消しから聞いた。そこで、付け火の疑いが出てきたんだ」

誠吾が説明する。

「はぁ……だからといって、なんで私が……」

鉄吉は涙目で尋ねる。

「外に踏み台がなければ入れないのなら、家の中の者じゃねぇだろう？　おまえさんは勘当中の身。以前からこっそり家に戻るときは、お鈴ちゃんに頼んで踏み台を出してもらっていたと奉公人たちが話していた」

「だからって……、疑うなんて酷いです……」

鉄吉は悲しそうである。

「それだけじゃねぇ、あの日の昼、おまえさんはお鈴ちゃんに会っていただろう？　お鈴ちゃんに踏み台を置くように頼んだんじゃねぇのかい？」

「たしかにお鈴には会いましたが、頼んじゃあいませんよ。あの日の夜、いなかったのは徳次もおんなじで」

鉄吉は自身の潔白を訴えた。

「しかし、火事がおこる前のおまえさんは入り用だった。勘当されても博打は止められず借金だらけだった。……それなのに、火事のあと、急に羽振りがよくなったのは不思議じゃあないかい？」

誠吾が確かめる。

「く、クジが当たったんです！　歩き巫女の占いで、クジが当たって」

鉄吉はかたくなに認めない。

沖有は焦れた様子で、取り調べを見ていた。

「そうかい。おまえさんが世話になっている質屋に行ってみたよ。火事のあと、持ち込まれた物は伊丹屋主人のものだったぜ」

誠吾は沖有に言われて、鉄吉の金の流れを洗っていたのだ。

「ついでに、片袖のない着物も古着屋に売られていた。こりゃ、お鈴ちゃんに会いに来たとき着ていた着物らしいな。片袖を切って売ったのは、着物が焼けたからじゃねぇのかい？」

誠吾が言うと、鉄吉はウグと唇を噛む。

「……お、恐れながら、それはたまたま火鉢で焦がしただけでして。たまたま、たまたまです」

鉄吉がなおも言い逃れようとしたところで、座敷に座って様子を見ていた沖有が立ち上がった。

大きくあくびをすると、首をぐるりと回す。飽きてきたのだ。

「それでは、検めつかまつります」

そう宣言し、ツカツカと鉄吉の横まで行くと、おもむろに鉄吉の袖をめくった。

「この火傷も火鉢のものですか？」

「っ！」

鉄吉が息を呑む。

「これは……」

「だいぶ綺麗になっていますね。さすが私が作った薬です。初めて見たときはかなり大きな火傷でしたよ。火鉢でできるものとは違う火傷でした」

冲有が言うと、同心たちが色めいた。

「な、なにを……だとしても、どうやって私が寝間に入るんです？　年寄りは眠りが浅くてすぐ起きるもんです。私なんかが忍び込んだらわかります」

鉄吉が必死に否定する。

「お鈴ちゃんに御神酒を預けていましたよね？　人魚のヒレ酒というやつです。あの中に眠り薬が入っていたんでしょう」

冲有の言葉に、鉄吉はサッと顔色を青くした。

「……お、鈴は、お鈴は酒なんか飲まないです！」

鉄吉は叫んだ。

「お鈴ちゃんには酒まんじゅうをあげたでしょう？　あの中に薬を仕込んだんです」

冲有が言うと、鉄吉が吠えた。

「いやまぁ、証拠の『もの』はカビてしまって捨ててしまったんですけどね。あの日、うちにお鈴ちゃんが担ぎ込まれたんです。そのとき落とした酒まんじゅうをうちの白猫が食べたんです。あのあと、食べた猫がいつまでも起きなくて驚きましたよ。それで私も食べてみたら、なかには眠り薬が入っていました。あれはいい薬だった……」

沖有は恍惚とした表情になり、夢見心地のため息をつく。

同心たちは、奇異なものをみるように沖有を見た。明らかに引いている。

誠吾は初めて聞く話に驚きを隠せない。

「あんな土まみれのまんじゅう食ったのかい」

「それが確実でしょう」

飄々《ひょうひょう》と笑う沖有に、誠吾は憤る。

「毒だったらどうするつもりだ！」

「死んだら猫を頼みます」

生きることに頓着しない沖有がケロリと答えると、誠吾は沖有を小突いた。

「痛いねぇ、冗談ですよ」

沖有は鼻で笑う。ちっとも痛くはなさそうだ。まったく反省の様子もない。

「さて、話を戻しましょうか。お鈴ちゃんはね、酒まんじゅうを食べてなかったんです。

それで目が覚めたお鈴ちゃんに見つかって、鉄吉さんは焦った。焦って、行燈の油をお鈴ちゃんに向かってかけた」

同心たちがどよめく。

「まさか、自分の親と娘を」

信じられないといった非難の声があたりに満ちる。

「お鈴ちゃんの火傷は、油を避けようとしてできたものです。あの位置だ、倒れた油がかかったんじゃあない。そして、鉄吉さんの腕にも火傷があった。あれも着物が燃えてできる火傷の痕です」

冲有が種を明かすと、あれほど言い逃れしようとしていた鉄吉が口を噤んだ。ガックリとうなだれ、ブルブルと震えている。

(さすが冲さん。鉄吉を追い詰めちまった)

誠吾は感心する。

「どうだ、違げぇはねぇか？」

誠吾が確認すると、鉄吉は我に返った。

そして、周囲を見回すとカッと瞳をたぎらせて吠えた。

「どうせお鈴が話したんでしょうよ！　まったく親不孝もんだ‼　生みの親を火刑にしようだなんて、ふてぇガキだ！」

誠吾は鉄吉を睨みあげた。

「お鈴はまだ声が出ねぇ」

鉄吉はハッとして目を逸らす。

「なんで、おめぇはお鈴が話したと思ったんだ？　なんで火刑になると思ったんだ」

誠吾に問われて、鉄吉は脂汗を掻きながら、顔が真っ青になった。

「違うんです！　聞いてください！　私はね、ちょっと小銭を拝借しようと思っただけなんですよ。金ができたら、そりゃもちろん返すつもりで。でもね、お鈴が目を覚ましちまったから。お鈴さえ目を覚まさなかったら、あんなことにはならなかったんです。全部、お鈴が悪いんですよ」

鉄吉は悪びれずに言った。

「お鈴が目を覚ましたから、行燈の火を付けたと」

鉄吉はイヤイヤと頭を振る。

「火を付けたんじゃないんです。たまたま倒れて、それで火が……だから、あれは事故で……お鈴が目を覚まさなかったらびっくりしなかったんですよ、だからお鈴が悪い」

誠吾は冷たい目で鉄吉を睨んだ。

「お鈴ちゃんの火傷は油をかけられたものだそうだ。零れたわけじゃないようだぞ」

「っあ、そうだっ。驚いてとっさに、油をかけちまって。わざとじゃなく」

「わざとじゃないのに、火を付けたんだな？　油を拭いてやるでもなく」

鉄吉は目を逸らす。

「……お鈴が悪い……」

「おまえさんが火を付けたのに、お鈴ちゃんが悪いとはどういうことだ」

「だって、お鈴が目を覚まさなければ、火を付けたりしなかったんです」

「親を眠らせて盗みに入ったことは悪くないと言うんだな？」

誠吾が詰め寄った。

「そんな大袈裟な話じゃないんです。ちょっと借りて、すぐ返すつもりで」

「なぜ、堂々と借りに行かなかった」

「私は勘当されてる身で、家には入れてもらえないんです。金を借りてくるようお鈴に頼んだこともありましたが、やっぱりあの子は使えないんで、びた一文金を持ってこないんですよ。お鈴が借りられていたら、私だってあんな借り方しなくてすんだんです」

鉄吉の言い分に、同心たちは呆れかえって顔を見合わせる。

「それもお鈴ちゃんが悪いと」

「そうです！　そもそもお鈴が女じゃなかったら、男だったら私は勘当されなかった！　お鈴が跡取りになれないから、私は家から追い出されたんです！　全部、全部、お鈴が悪い！」

鉄吉は断言した。

そこで、与力の犬飼信二郎が一喝した。

「男だ、女だ、くだらねぇこと言ってんじゃねぇ！」

ビリリと怒声が自身番屋に響く。

「伊丹屋はお銀が継ぐことになった。お銀は女だぞ？　お鈴が女だからおまえが跡を継げなかったんじゃねぇ、おめえがクズだから追ん出されただけだ！」

信二郎の怒声に鉄吉はヘラリと笑った。そして、意味深長な顔で誠吾を見た。

「そりゃ、お銀の子どもが男だったからですよ。旦那、きれいごとを言ってますけど、旦那だって娘に継がせず養子をとったじゃないですか。自分の実の娘より、どこぞの息子を与力にするんでしょう。結局はそういうことです。女なんか生まれても損だ。使えない」

誠吾は思わず拳を振り上げた。

信二郎は誠吾に冷たい視線を送り、その場に止《とど》まらせた。

「あのな、うちの娘が与力になれないのは、娘のせいじゃねぇよ。親父の俺が不甲斐ねぇだけさ」

信二郎がサラリと答えると、鉄吉はグッと唇を噛んだ。

「おまえ、最初っからみんな殺すつもりだったんだろ」

「まさか。ただ、お鈴さえ酒まんじゅうを食っていれば、こんなことにはならなかったんですよぉ」

鉄吉は不誠実な作り笑いでヘラヘラと答える。

沖有は鉄吉を見てもっともだと頷く。

「たしかに、お鈴ちゃんは酒まんじゅうを食べたほうがよかったかもしれないですね」

沖有の言葉に、鉄吉は顔を明るくした。味方になってくれると思ったのだ。

「そうですよね？」

沖有は同意を求める鉄吉に頷いた。優しげに細められた目、薄い唇が弧を描く。慈悲深い微笑みは、舶来物の女神像のように美しい。

「ええ。そうすれば、親が鬼だと知らずに死ねたのに」

しかし、口から放たれた言葉は、氷の刃のように冷たくひりついて、周囲の温度をグンと下げる。

鉄吉は、ヒクと喉を鳴らして、表情を凍らせた。

「……あのな、お鈴ちゃんはよ、おまえがくれた酒まんじゅうが嬉しくって、嬉しくって、『もったいなくて食べられない』って言ってたそうだよ」

誠吾が告げると、自身番屋がシンと静まりかえった。

「こんなクズでもお鈴ちゃんにとっちゃあ、恋しいおとっさんだったってわけだ」

誠吾がボソリと呟いた。悔しそうに絞り出された声に同心が鼻をすする。

鉄吉は信じられないというように目を見開いた。そうして、しばし天を仰ぐと、いきなり板の間に自分の額を打ち付けた。

「やっぱり、お鈴は馬鹿だ……。まんじゅうくらい、珍しくもなかっただろうに……」

背中が震える。嗚咽が漏れる。額をゴンゴンと打ち付ける後悔の振動が、板の間の床を揺らした。

「おめぇが一番の大馬鹿だよ」

信二郎の声が、部屋に響いた。

鉄吉は顔を上げた。鼻水をズッとすする。そして、深々と頭を下げた。

鉄吉はすべてを認めて白状した。

火付けは重罪だ。鉄吉は火刑となった。市中引き回しの上、火あぶりにされた。

＊

お鈴は犬飼家で暮らした部屋を片付けて、正座をしていた。

赤い風車を包んだ風呂敷が、部屋の片隅に追いやられている。お鈴にはそれが怖ろしく、見たくもなかった。

今日、伊丹屋のお銀がお鈴を迎えに来ることになっていた。

父が火刑となり、お鈴はお銀に引き取られることになったのだ。

（でも、私は伊丹屋に帰っちゃいけない……）

あの夜の赤鬼を思い出し、お鈴は震える。ギュッと両腕を抱きしめて目を瞑る。

あの日、お鈴は父から貰った酒まんじゅうを胸に抱き、祖父母のあいだで眠りについた。

父が勘当されてから初めて貰った物だった。

夕餉のあとにきっと食べろと言われていたが、食べてしまうのが惜しかったのだ。

（おじじさまも、おばばさまも、おとっさんの酒を受け取ってくれた。これでみんな仲直りできる）

お鈴はそう喜び、眠りについたのだ。

しかし、そうはならなかった。

人の気配を感じ、お鈴が目を開けると、龕灯《がんどう》が照らす薄闇の中に、鱗文様の手ぬぐいを被った男がいた。

せっせと風呂敷になにかを詰め込んでいる。酒に酔っているのか、見える首筋が赤い。

昼間見た着物の柄から父だとわかる。

「……おとっさん？　なにしてるの……」

お鈴は聞いた。

振り向いた男の顔は、龕灯を持っているせいでよく見えない。

「なんで、てめぇは寝てねぇんだよ」

舌打ちが響く。地をはうような低い声は父のものだった。

お鈴は驚き、息を呑んだ。

「本当に、どこまでも俺の足を引っ張りやがって」

龕灯の灯の向こう、暗闇の中の男は吐き捨てた。

そうして、床の間に供えられていた人魚のヒレ酒を、伊丹屋主人の布団に零す。

行燈皿をひっつかむと、お鈴に向かって投げつけた。

お鈴は慌てて顔をかばう。左腕に皿が当たって跳ね返る。

鉄吉は灯明皿《とうみょうざら》に火を付けて、お鈴に投げた。

お鈴の着物と鉄吉の袖に灯明皿の火が付いた。お鈴は慌てて火を払う。

鉄吉はチラリとお鈴を見たが、そのまま見捨て障子を開けた。そのせいで、障子にまで火が移った。

転がった灯明皿が、どんどん火を広げていく。

「おじじさま、おばばさま‼　起きて！　火事だよ‼」

ふたりを起こそうと、必死で揺らす。しかし、祖父母はこの騒ぎでも目を覚まさない。

「おとっさん！　助けて！　おねがい！　助けて！」

お鈴が父を呼び止める。

鉄吉は笑った。鱗文様の根付けが、火に照らされてもがいているように見えた。

「馬鹿だな、みんな死ねばいいんだよ」

赤い炎に照らされた部屋の中、そこには父はいなかった。真っ赤な顔の鬼が呟いて、ピシャリと障子を閉めた。

（鬼だ。あれは、おとっさんなんかじゃない……赤鬼だ）

お鈴は絶望した。

ジリと髪が焼ける。ふたりは目を覚まさない。

（このままじゃみんな死んじゃう！　おばさんも、金太も）

お鈴は唇を噛みしめて立ち上がった。火のついた障子とは反対側のふすまを開ける。

少し離れたお銀の部屋へと走る。

「火事だ！　火事だよ！　みんな起きて‼」

必死に声をあげてお銀の部屋へ向かった。

お銀は騒ぎで目を覚ましていた。お鈴を見ると血相を変え、布団で火のついたお鈴を包み込む。

着物の火を消し、金太を抱き上げ、お鈴の手を引いた。

「頑張ったよ、お鈴。もう少し頑張るよ！」

お銀は気丈にそう言って、お鈴を連れて逃げ出したのだった。

そうして、お鈴は生き残った。しかし、その夜のことは誰にも話せないと思った。火付けは重罪だ。父が火を付けたと話したら、自分が父を殺すことになる。それに、そのきっかけを作ったのは紛れもなく自分だった。

(私のせいで伊丹屋が火事になったんだ。私が帰っていい場所じゃない……)

お鈴は小さな拳を強く握りしめた。

＊

伊丹屋のお銀が、お鈴を迎えにやってきた。

「お鈴、入るぜ」

誠吾は声をかけ、障子を開けた。

お鈴は座布団の上に正座をしていた。お銀に気がつくと、顔をこわばらせ俯いた。

お銀はその様子に傷ついたような顔をして、取り繕った笑顔を張り付ける。

（さすが商人だ）

誠吾は思った。

「……お鈴ちゃん……お鈴ちゃんは思い出せないかもしれないけどね、私はあんたの叔母さんなのよ。これからは私と一緒に暮らしましょう？」

お鈴はカチンコチンに体をこわばらせたまま、動かなかった。膝の上に作った拳をジッと見つめている。

部屋の隅にたたまれた布団の脇には、お銀が買ってやった赤本が置かれていた。繰り返し読んだことがわかるほど、開き癖がついて膨らんでいる。

「まぁまぁ、お銀さん、とりあえず座りねぇ」

誠吾は座布団を指し示し、お銀を促す。

「やだ、私、すいません」

お銀は照れたように笑い、座布団に座った。

「そういうことでお鈴ちゃん。おまえはこれからお銀さんのところへ行くんだよ」

誠吾が言えば、お鈴は土下座した。

「すいません。許してください。ごめんなさい。私、伊丹屋には帰れません」

お鈴はかすれた声で謝った。

誠吾は慌て、お銀は呆気にとられた。

「お鈴ちゃん、話せるのかい？　記憶は戻ったのかい？」

「なにを言ってるの、お鈴。なんで伊丹屋に帰れないの？」

誠吾とお銀が同時に尋ね、お鈴はさらに身を縮める。

「伊丹屋に帰れない、帰っちゃいけないんです……」

震えながら答えるお鈴の背中を、お銀がさする。

「お鈴ちゃん、おまえ、見たんだな？　赤鬼を覚えてた、違うか？」

誠吾の問いにお鈴はヒクと喉を鳴らした。

「でも大丈夫だ。赤鬼は捕まえた。伊丹屋に怖いものなんかいねぇ」

誠吾の言葉に、お鈴は顔を上げた。

誠吾はお鈴の目を見て、安心させるように大きく頷いた。

お鈴は堰《せき》を切ったように泣き出した。

「私がいけないんです。私が全部いけないんです。おとっさんは悪くない、私が女だったから――」

「どういう意味だい」

「私が女だったから、おとっさんは伊丹屋を追い出されたんだ。私が息子だったなら、勘当されなかったはずだって。だから、家に戻れるようにおまえがつとめろって」

「なにを馬鹿なことを‼」

お銀はお鈴をギュッと抱きしめた。

「あの夜、私が塀の近くに足場を置いたんです。おとっさんが帰れるように。酒を渡したのも私です。酒なんか飲まなかったら、おじじさまもおばばさまも死ななかった。私があのとき目を覚まさなかったら、おとっさんは火を付けなかった。おとっさんの言うこと聞かないで、酒まんじゅう食べなかったから……おばさんもおじじさまもいつも言ってた、おとっさんには会っちゃいけないって。それなのに私、言うこと聞かなくて。私が、おじじさまとおばばさまを殺したんだ」

慟哭《どうこく》しながらお鈴は懺悔する。今まで話せなかったものが溢れでるようだ。

「ごめんなさい。ごめんなさい。店が焼けたのは私のせいです。おとっさんを火付けにしたのも私です。私は疫病神だ。伊丹屋には帰れません。どうか、どうか、どこかへやってください。お願いします――」

お鈴は土下座したまま泣き崩れる。

お銀も一緒に涙を流す。

「お鈴は悪くないんだよ。お鈴は悪くない。あたしたちが悪かったよ、あんたにいろいろ押っつけて」

お鈴はブンブンと頭を振った。

「おじじさまはね、あの日、たいそう喜んでたんだ。お鈴があいだを繋いでくれたから、もう一度兄さんと話ができるかもしれないって。お鈴のおかげだって言ってたよ」

「でも、……そのせいで……」

「お鈴が火事を教えてくれたんじゃないか。着物に火が付いたままで私たちを助けに来てくれた。あんたは私と金太の命の恩人だよ」

「でも、火事にならなきゃ……」

「悪いのは兄さんだ。お鈴じゃない、お鈴じゃないんだよ。あんたはいい子だ、いい子だよ」

お銀とお鈴のやりとりから誠吾は目を逸らした。

キュッと唇を噛む。なにもかも鉄吉が悪い。それでも、自分の父が火付けをして、祖父母を殺したとなれば肩身は狭いだろう。

お銀や徳次はそんなことでお鈴を責めたりはしないはずだ。

だがしかし、お鈴自身が自分を許すかと言えば別の話だった。

伊丹屋に戻れば、否が応でも火事のことが思い出される。四六時中、罪の意識に苛まれることになるのだ。

「……お願いします。私をどこか奉公へ出してください」

お鈴は泣きながら訴えた。考えて考えて、それが一番いい方法だと思ったのだ。

七つになれば奉公に出る子どももいる。おかしな話ではなかった。

「……お鈴。……なんで……」

お銀は言葉を失った。

「どうぞ、どうぞ、お願いします」

お鈴はかたくなに頭を下げつづけた。

誠吾は大きく息を吐き出した。

「……わかった。今日のところは伊丹屋さんにいったん帰ってもらおうか。お鈴ちゃん。お銀さんも少し待っておくれ。悪いようにはしないから」

お銀はお鈴をギュウと抱きしめてから、誠吾を見た。

お銀は、泣きはらした目でペコリとお辞儀する。

「はい……。お鈴に無理させるつもりはないんで」

お銀はそう答えると、もう一度ギュウとお鈴を抱きしめた。

「お鈴、お鈴、お鈴……」

お銀の背中は震えている。お鈴の腕は所在なげにダラリと落ちていた。

＊

ここは神田の蘭方医、根古屋の屋敷である。

「それで、なんで私のところに？」

胡乱な顔で沖有は誠吾を睨んだ。

誠吾の横では、お鈴が風呂敷を抱えて立っている。お鈴は袖上げをした黄八丈《きはちじょう》に、黒襟を付けていた。お銀が新しく仕立ててくれた小袖だ。山吹色の地に、樺色と黒で格子が描かれている。まるでタンポポのような愛らしさである。

「いや、沖さんのところには丁稚も女中もいないだろ？　お鈴ちゃんを使ってやってほしいんだ」

「必要ないから置いてないんです。こんな仕舞屋に必要ありません」

沖有が即答すれば、誠吾が笑う。

「必要あるだろうよ、あの汚い部屋」

誠吾は沖有の家の階段を見上げた。患者を診る一階は片づいているが、沖有が休む二階は荒れ放題なのを誠吾は知っている。

乱雑に置かれた珍妙な品々や、重なった本に囲まれた万年床《まんねんどこ》には猫が微睡《まどろ》んでいるはずだ。

「私はあれがいいんです」

沖有が答えると、二階から白猫が下りてきて、お鈴の足のあいだをくぐり抜けた。

「お鈴は茶を淹れるのも上手いぜ？　犬飼の母上の折り紙付きだ」

「私は猫舌なんですよ、お茶なんてなんだっていいんです」

「まぁまぁそう言いなさんな」

誠吾は宥めると、冲有の耳元に唇を寄せた。

「あんなことがあったからさ、伊丹屋には帰りたくないんだよ。ちっと落ち着くまででいいからよ、置いてやってくんねぇか。傷もあって髪も短い、しかも親父は火刑だ。人目が厳しくてね」

冲有はチッと舌打ちをする。

「使えなければ追い出します。いいですね？　あと奉公人は面倒なんですよ。金勘定がわずらわしい。ただ、うちで預かるってだけにしてください」

「ありがとう！　冲さん！」

誠吾が礼を言えば、お鈴も深々と頭を下げた。

「ありがとうございます。一生懸命働きますので、どうぞよろしくお願いします」

冲有はこれ見よがしにハーッと大きく息をついた。

「本当に誠さんにかかわるとろくなことにならないです」

うんざりしたように冲有が睨むが、誠吾は笑うだけだ。

「でな、先生、ついでにお願いがあるんだけど、夜泣きに効く薬ってねぇかな？」

「夜泣き、ですか？」

「ああ、伊丹屋の金太が夜に泣いて困るんだとよ」

誠吾の言葉に、お鈴が首をかしげた。

「金太にはいつもおじじさまが煎じた夜泣きのお茶を飲ませてたはずですけど」

「あー、そのお茶がわからなくなっちまったんだと」

誠吾が言いにくそうに首を掻く。わからなくなったのは火事が原因だからだ。

お鈴は意味を理解して、俯いた。そうして、すぐに顔を上げた。

「それなら私、わかるかもしれません」

「は？」

誠吾が驚いて目をしばたたかせた。

「私、おじじさまが作るの見てました。でも……、生薬《しょうやく》の名前は知らなくて……。百味簞笥の引き出しの場所で覚えてたから……」

「それじゃ、無理か……」

誠吾は諦め顔でため息をつく。

冲有は面白そうな顔をしてお鈴を見た。

「お鈴ちゃん、百味簞笥の中身を見れば、引き出しの場所を入れ替えられますか？」

「うちにあったものならできると思います」

「では、私の百味簞笥を伊丹屋と同じ順に並び替えてみてください」

「はい！」

お鈴は嬉々として仕事に取りかかった。奥の部屋にある百味箪笥の前に駆け寄る。

引き出しの中を確認すると、迷うでもなくみるみるうちに入れ替えていく。

「まるで手妻《てづま》だな」

奇術のようなその手技に誠吾は感心し、様子を眺めていた。

引き出しが全部入れ替わると、お鈴は不安げに冲有を見た。

「伊丹屋にあった生薬は同じ場所にしました。なかったものは空いているところに入れました……」

「そうですか。では、ここに夜泣きのお茶に使っていた生薬を入れてください」

冲有は銀の匙《さじ》と紙をお鈴に渡す。

お鈴は紙の上に、薬をとった。

「量もだいたい合ってると思います」

お鈴は冲有に薬の載った紙を渡した。

冲有はマジマジと中身を見る。

「カミツレと甘草《かんぞう》、吉草根《きっそうこん》ですね」

お鈴はキョトンとして小首をかしげた。

「私は見ていただけで、薬の名前はわからないんです」

「そうですか。お鈴ちゃんが気づいていないだけで、とても素晴らしい力ですよ」

冲有はサラリと言うと、薬を包んで誠吾に渡す。

お鈴は驚いて言葉も出ない。自分にとってはあたりまえのことを褒められたので面食らったのだ。

「これを、お銀さんに渡してください」

「おう。お鈴、ありがとな！　お鈴のおかげで金太もよく眠れるだろう」

「……私のおかげ……？」

お鈴は小首をかしげる。

「ああ、そうだ。それはな、伊丹屋で売ってた薬じゃないんだよ。伊丹屋の主人が、お鈴ちゃんや金太のためだけに作った薬なのさ。だから書き付けが残ってなくてね。そいつを覚えてるのは、お鈴、おまえだけだったんだよ」

「私だけ……？」

「そう、おまえが無事でよかったよ」

誠吾は何気ない様子でそう言うと、ポンポンとお鈴の頭を叩いた。

「それじゃ、俺は日本橋に行ってくらぁ」

爽やかに笑って誠吾は出ていった。本当に嬉しそうな背中をしている。

冲有は逆光になった誠吾の背中を、目を細めて見送った。

「……私。無事で……よかったんだ……」

お鈴は誠吾の言葉を噛みしめるように繰り返した。

お鈴は、ずっと自分が生き残ったことを後悔していた。父の言うように、あのとき死ねばよかったと何度も思った。もちろん、お銀も徳次も、お鈴の無事を喜んでくれているのはわかっていた。それが嘘でないことも。だからこそ、かえって心苦しかった。心配されればされるだけ罪悪感が募るのだ。この優しい人たちから、親を奪い、財産を奪った。それなのに責められない。許されてしまうことが怖かった。

(でも、犬飼の若旦那は無事でよかったと言ってくれた)

サッパリとして裏表のない誠吾の言葉は、爽やかな春風のようにお鈴の心を撫でた。どこにでもある普通の言葉。何気ない口ぶりが真実に聞こえたのだ。

板の間にポトリと涙が落ちた。

白猫がお鈴の足に絡みつく。慰めるようにナァと鳴く。

冲有はなにも言わずに外へ出た。

家の中に、タケノコ売りの声が響いてくる。

お鈴は自分の左腕を撫でた。深い傷痕がまだらになって引きつれている。これが自分の罪なのだと、罰なのだと思っていた。この傷を負って生きていくなら、いっそ死にたいと誠吾に訴えたことがある。

そのとき誠吾に教えられたのだ。この傷を治すため、冲有が自分の皮を剥いだことを。

――根古屋先生は自分で言ったりはしないだろうからさ。知らんぷりをしてほしいんだけどよ。俺は、先生のそういうところ、おまえに知っていてほしいんだ。あのお人は、あのとき、おまえを助けるのに一生懸命だった――

それを聞いてお鈴は戸惑った。冲有にも迷惑をかけたことが心苦しかった。死にたいと思うことさえ、罪だと言われたような気がした。

でも今は思う。

(この傷と一緒に生きよう)

お鈴は上を向き、キュッと目元を拭った。

シャボン玉の売り声が「玉や、玉や」と響いている。

お鈴は戸を開けて外へ出た。外では、冲有がシャボン玉を吹いていた。

お鈴の脇からすべり出た黒猫が、シャボン玉を追う。負けじとトラ猫もシャボン玉にジャンプした。丸々とした白猫は眠そうに眺めている。

冲有は黙ってお鈴に葦《あし》の茎と、シャボン玉の液が入った徳利《とっくり》を差し出した。

「ありがとうございます」

お鈴は素直に受け取ってシャボン玉を吹いてみる。

夕雲雀《ゆうひばり》のさえずりが、五色の玉に絡まって、儚く空に消えていった。

二章　鎌鼬《かまいたち》と幾世餅《いくよもち》

大川には、猪牙舟《ちょきぶね》や屋根船《やねぶね》など、たくさんの舟が浮かんでいる。川開きとなってひと月。今は夏の盛りだ。

犬飼誠吾は着流し姿で、両国《りょうごく》の喧噪の中をゆったりと歩いていた。川からの風が心地よい。

もともと下町生まれの誠吾は、着流しのほうが気が楽だ。留紺色の地に白い竹縞に緋《ひ》色《いろ》の腹切り帯が垢抜けていて、女も男も振り返る。しかし、誠吾は気にもとめない。

五尺七寸を超える背の高さからなんでも着こなしてしまう誠吾だが、自身は着物に無頓着である。今日の着物を見繕ったのも、養母か、従姉妹でもある姉のどちらかなのだ。

広小路の両側には、棒手振りが行き交い、床見世《とこみせ》が並んでいる。新しい見世物が始まったとかで混み合っていた。

人が多く集まるところは、不届きなヤツらも多い。与力見習いの誠吾も盛り場の様子を見にやってきたのだ。

（そういや、冲さんをはじめて見たのは盛り場だったな……）

秋の匂いを含み始めた両国の風を頬に感じ、誠吾はふと思い出した。浅草ではあったが、今と同じように見世物小屋が立っていた。

冲有との出会いを思い出すと、誠吾の腹はいつも少し疼く。苦くて痛くもありながら、甘く温かい、不思議な思いがする。

思い出に浸りながら歩いていると、ドッと音がした。

振り返ると、後ろで十ばかりの男の子が転んでいる。乾いた地面から土埃が舞い上がった。

薄汚れた旅装束の男が、子どもの懐から転がり出た巾着をかっさらっていく。

誠吾は旅装束の男をとっさに追いかけ、巾着を掴んだ腕をとり、ひねりあげた。

「っ！　てぇ！」

男は呻くと、思わず巾着を取り落とした。

誠吾は男の手から零れた巾着を受け取ると、男を軽く睨む。

「兄さん、ここには来たばかりかい？　子ども相手にやめときな」

「あいや、すまねぇ。つい出来心で……」

誠吾は男の言葉を聞き、男の手を離してやる。身なりから、スリを生業《なりわい》にする者に見えなかったからだ。江戸に上ってきたはいいけれど、路銀《ろぎん》が尽きたといったところだろう。一時の気の迷いと見定めたのだ。

「もう二度とするんじゃねぇよ」

誠吾が言うと、男は慌ててその場から逃げ去った。

誠吾は地べたに転がりベソベソと泣く子どもを見た。

すぐそばでは、垢抜けない若衆髷の少年が子どもを慰めていた。口で手ぬぐいを切り裂き、細いひも状にして、転んですりむいた膝に巻いてやっている。

水縹色《みずはなだいろ》に染められた鱗文様の手ぬぐいに血がにじむ。

(なんか、イヤだな)

理由はわからないが、誠吾の胸がザワついた。

しかし、気を取り直し、子どものそばには行かずに声をかける。

「男なら自分で立ちな」

誠吾が言うと、子どもはキッと唇を引き結び、手の甲で目元を拭う。

「これっくらい、なんでもないやい‼」

男の子は勝ち気に答えると、自分で立ち上がりパンパンと土を払った。

誠吾はそれを見て、お天道様みたいにニカリと笑うと、子どもの巾着の紐を緩め、中に小銭を入れてやる。

そして、ポンと巾着を子どもに投げた。

子どもは慌てて、両手でそれを受け取った。

「さすが、強いな。飴でも食え」

誠吾は片手をヒラと振り、子どもに背を向けた。

泣くのをやめた子どもに小遣いをくれてやる粋な計らいに感心し、周囲はホウとため息を漏らした。

「……！　あんちゃん、ありがとう！」

子どもは巾着袋をかき抱くと、深く礼をした。

そして、顔を上げると誠吾の背を敬慕のまなざしでジッと見つめる。その表情は、子どもから、少年に成長したかのようだった。

「や、さすがは誠吾さん」

走り寄ってきたのは、岡っ引きの源七《げんしち》である。齢四十をすぎたところだろうか。日に焼けた小柄な男だ。

両国を縄張りにした岡っ引きで、誠吾の養父、信二郎の配下のひとりだ。誠吾が子どものころからの顔見知りである。

「おう、源さん。ちょうどいいところに。一緒に一服どうだい？」

誠吾が笑いかけると、源七は得意満面に胸を張った。

まだ、周囲の町人は憧憬の視線を誠吾に向けているからだ。そんな誠吾に誘われる自分が誇らしいのだろう。

「へい！　ありがてぇ。その先になじみの料理屋があるんでさぁ」

「おお、いいな」

源七の提案を快諾し、誠吾は広小路から薬研堀《やげんぼり》に向かう横町の料理屋へ入っていった。

繁盛している料理屋だったが、誠吾と源七の顔を見るや、すぐに席を開けてくれる。

化粧の濃い看板娘がしなを作り、誠吾などは恐縮してしまうが、源七は慣れた様子だ。先の話のとおり、なじみだと知れる。

酒と素麺を注文し、座敷にあぐらをかいた。

実は、誠吾。酒は飲めぬこともないが好んではいない。ただ、こういった席では飲まぬも野暮だ。また、話を引き出すにおいても酒は便利だった。

冷えた素麺を口に食めば、夏の熱気が冷めていく。絶妙な鰹の出汁《だし》と食感に、誠吾はホッと息をついた。旨い、と思いつつ料理屋の噂話に耳を傾ける。

やはり、話題は新しい見世物小屋のことだ。興奮気味に話す人々の声が、料理屋の中に溢れていた。

見世物小屋の木戸銭《きどせん》は十八文。竹細工で作った古今東西の不思議な生き物が並べてある。目玉は大きな麒麟《きりん》で、口上《こうじょう》も面白い。誠吾もつい先ほど覗いてきたところだ。

「誠吾さんも、竹細工を見に来たんで？」

「おう。面白かったぜ」

誠吾は軽く答えて、肴をつまむ。

「ワッチはついうっかり、鎌鼬の件でおいでなすったのかと……」

源七は言ってから、しまったと口を噤んだ。

「鎌鼬？　昔、加賀原《かがっぱら》で出たっていう？」

誠吾はキョトンとして首をかしげた。

源七は焦ったようにいいつくろう。

「ああ、いえ、ちょっとした与太話《よたばなし》で、誠吾さんのお耳を汚すまでもねぇ」

「へえ、面白い。ひとつ話してみちゃくれねぇか？」

誠吾が興味深そうな目で源七を見つめる。ワクワクとした好奇心が溢れる笑顔は、少年のような爽やかさだ。そんな顔を向けられたら、誰もが話したくなってしまう。この男のためならば……そう思わせる不思議な魅力が誠吾にはあった。

「いや、まぁ、ワッチが知ってることもいいかげんなもんですが……最近、両国では鎌鼬がでるって噂なんでさ」

そう前置きをすると源七は語り出した。

「なんや、訳もわからず転んだと思えば、根付けの紐がスッパリと切られているんだそうで。まるで妖《あやかし》の仕業だと、まぁ……」

「妖怪様が両国なんざ騒がしいとこまで、わざわざおいでなするもんかね」

「へい。ワッチもそこんとこは怪しいと思ってまして……」

源七はそこまで口にして、気まずそうに目を逸らした。

「なんだい。言ってみな」

「いや、ワッチの思い違いで」

「すきっとしねぇなぁ。言ってくれよ」

誠吾が黒目がちな目を、源七へまっすぐ向ける。

上背が高く肩幅もある誠吾は、源七よりも体格がいい。しかし、幼いころから誠吾を知っている源七にすれば息子も同然で、思わず絆される。

「いや、噂ですよ。ワッチも信じてるわけじゃねぇ。だがね……」

源七はヒソと声を潜めた。

「とある藪医者が怪しいんじゃないかって……」

「藪医者？　どこぞのもんだい」

「いや、それは……」

源七は言いよどむ。

「ここまできてそれはないぜ、源さん」

源七はゴクリとつばを呑み、オズオズと誠吾を仰ぎ見た。

「きっと怒りなさんな。な？　約束ですぜ？」

「ああ、約束だ。言ってみな」

誠吾はドンと胸を叩く。

源七は、大きく息を吸って吐いた。

「……名前は……根古屋……」

源七の言葉をそこまで聞くと、誠吾の顔が怒気でカッと赤くなる。

「！　だ、だから、誠吾さん！　ワッチは話すのが嫌だったんですって！」

無言で怒りを目に点《とも》す誠吾を見て、源七は恐れ戦《おのの》いた。

誠吾はその姿を見て、ふぅぅぅぅっと長く息を吐き出した。肩を揺らして、自分自身を落ち着かせる。このあたりで、根古屋を名乗る藪医者はひとりしかいない。

「いや、すまねぇ。その藪医者ってのは、冲さん……蘭方医、根古屋冲有で違げぇねぇか？」

「へ……へい……」

恐縮する源七の肩を誠吾は軽く叩いた。

「なんでそんな噂になってんのか、詳しく教えてくれよ」

誠吾はそう言うとクイと酒をあおり、女将を呼んだ。今日は追加の酒がいりそうだった。

＊

誠吾が源七から聞いたところによると、噂の鎌鼬騒動には不審な点がいくつかあった。

まず、鎌鼬に狙われるのは、物見遊山《ものみゆさん》で訪れた者だ。

そして、鎌鼬に転ばされ、根付けの紐を切られた人物は、通りがかりの者に簡単に止血され、「医者なら根古屋冲有がいい」と勧められるらしい。

そんなわけで、根古屋冲有が客を寄せるために、自作自演を働いているのではないかと疑われているのだ。

誠吾は小さくため息をついた。

(なんてったって、冲さんの評判は悪いからな……)

蘭方医根古屋冲有は、誠吾にとっては大親友だ。しかし、世間はふたりがなぜ一緒にいるのか理解できない。距離を取れと忠告する者すらいる。そんな言葉を誠吾は相手にしなかった。誠吾にとって冲有は唯一無二の男だからだ。

誠吾は清く正しい明るい青年であるのに対して、冲有は逆だ。

腕はよい蘭方医なのだが、金さえ積めばどんな輩の治療もするもぐりの医者だ。名前も仕事も名乗る必要はないため、怪しい者の出入りも多い。

興味があるのは傷だけだ。人には一切関心を示さない。女形のような美しい顔《かんばせ》でありながら、唐茶色の束髪はいつでもボサボサで、服装もだらしがない。

言うことは正論だが、正論にすぎ、そのうえ口まで悪いときている。『腕はよくても

人の心がない医者』というのが、周囲の評価だった。

最近、お鈴という女の子を引き取り育てはじめ、やっと人らしくなってきたと噂だが、

その噂でさえ「とはいえお鈴が可哀想」と結ばれるのである。

その噂が耳に入っても、冲有は気にもとめない。鼻で笑うだけで、否定もしないのだ。

(きっと、今回のことだって知ったところで笑うだけさ)

とはいえ、三廻《さんまわり》にでも嗅ぎつけられたら面倒なことになる。忠告のひとつでもしてや

ろうと、半ば諦めの境地で、誠吾は冲有の家に向かう。

「おーい！　冲さーん！　入るぞ」

冲有の住む仕舞屋に声をかける。

小路の引き戸をガラリと開くと先客がいた。誠吾と同じくらいの若者が板の間に上

がっている。木綿の着物はまだ新しそうで、どことなく垢抜けない。近くの村からやっ

てきた小金持ちの農民といった風情だ。

他に同行人らしき若者がふたり、上がり框《かまち》に腰掛けている。

板の間にいる若者は、裾から膝をつきだして、冲有から治療を受けていた。

冲有はといえば、つまらなそうに酒で消毒をすると、膏薬を貼り、新しいさらし木綿で巻いてやる。

「これで終いです」

冲有はそう言うと、フウとため息をついた。

「さっさと帰っておくれ」

突き放す冲有に、若者は困ったように眉を下げる。

「あの、お代は……」

冲有は捨て鉢に笑う。

「あるなら払ってもらいたいもんですけどね」

その答えに若者が慌てたように、根付けに触れる。すると根付けの紐が切られているではないか。

「！　な、ない‼　財布がない‼」

「でしょうよ。みーんな、みんな、ここに来るお客はすっからかんだ。傷だって浅くて面白みがない！　まったくもって迷惑です。用がないならとっとと出て行ってください」

冲有がそう言うと、若者は同行の若者の顔を見た。

「すまねぇ、私たちもおめえの分の帰りの路銀を払うと手持ちがないよ」

恐縮する友人たちに、若者は曖昧に笑う。

「いや、すまねぇ」

そして、冲有にむかって肩身狭まそうに頭を下げる。

「きっと、あとでお返しに……」

冲有は興味なさそうにシッシと手を振り若者たちを追い出した。

お鈴が困り果てた若者へ取りなすように声をかける。

「気にしないでください。先生はいつでも誰にでもああなんです。お兄さんが悪いわけじゃないですから」

そう言って、紙を手渡した。

「あの、先生が貼ってくれた軟膏はこれです。傷が治らないようだったら、薬屋さんで買ってください。日本橋の伊丹屋ならあるはずです」

お鈴が言うと、若者たちはありがたそうに頭を下げ、仕舞屋から出て行った。

「相変わらずだなぁ……冲さん」

誠吾が声をかけると、冲有はチラリと視線を送っただけで、返事もしない。冲有の足もとには、切り裂かれた布が転がっている。水縹色の鱗文様が血で汚れていた。手ぬぐいを切り裂いたものだ。きっと、ここへ来るまでの応急処置に使ったのだろう。

誠吾は苦笑いをしながら、手にした幾世餅を掲げてみせる。両国で有名な小松屋《こまつや》のものだ。

「幾世餅を持ってきたぜ」

すると冲有は口の端をあげ、クイと顎をしゃくった。刀掛けに刀をかけろという仕草だ。

幾世餅とは、短冊形に切った餅を焼き、餡をまぶした菓子である。

「や、幾世餅がきた。お鈴ちゃん、麦湯もさめたころでしょうか」

お鈴はそんな冲有を見ておかしそうに笑い、ササッとお茶を準備する。

「邪魔するぜ」

そう言って座敷に上がりあぐらをかく。トラ猫が当然の顔をして、誠吾の太もものあいだのくぼみにはまった。

冲有の膝には黒猫が顎を乗せている。

お鈴が座すれば、白猫がそっと寄り添った。

「ところで、さっきの人たちはなんだい？」

「ああ、最近、なんだか流行っていてねぇ……みなさん、鎌鼬って言いますがね」

冲有の言葉に、誠吾は背筋を伸ばした。

「がね、ってこたぁ、冲さんは鎌鼬じゃねぇって思ってる」

「そりゃ、そうでしょうよ。両国で転んだお人が、なぜか私をたずねてくる」

沖有は虎目石のような瞳をキラリと光らせた。

「それも決まって、足には同じ糸を引っかけて、ご丁寧にも同じ手ぬぐいで手当てしてね」

沖有はそう言うと、先ほどの若者がおいていった手ぬぐいを、誠吾の前に押しやった。

水縹色の鱗文様がしわくちゃになっていた。

誠吾もその手ぬぐいに見覚えがあり、思わず顔をしかめる。

「みなさん、隅田で船遊びをしたあとだっていうから、銭ぐらいありそうなもんですが、きまって財布をすられていて、こっちは商売あがったりです」

「さっきのお人はあとで払うって言ってたろう？」

「そう言われて帰りますけどね」

沖有は肩をすくめて笑う。

近場に住む者なら、素性が割れている。不義理を嫌う下町の人間なら、金がないならないなりに、恩を返すのが下町のしきたりだ。

しかし、両国に行楽へ来たよそ者は、義理という縛りがない。旅の恥はかきすてとばかりに、支払いに戻ってきた者はいないのだ。

誠吾は思わずお鈴を見た。

「……誰ひとりもかい？」

お鈴は気まずそうに首を縦に振る。

（こりゃ、冲さんの機嫌が悪くなってもしかたねぇ）

誠吾は思う。

「はぁ……やっぱり噂は噂だったんだな」

誠吾が漏らすと、冲有が面白そうに鼻を鳴らした。

「私の自作自演というやつですか」

「ああ、もう耳に入ってたかい」

誠吾は苦笑いした。冲有は仕事柄耳ざとい。町人、非人、ヤクザ者など、金さえ払えば分け隔てなく患者を診る。金があればもちろん、怪我が面白そうであれば、どこへでも飛んでいく男なのだ。

「ええ。どう考えたって私には無理でしょうよ。単純に考えて、転ばし役、声かけスリ役とふたりも人が必要です。私にそんな知り合いがいるとでも？」

「まぁ、いいねぇな」

誠吾が即答すると、お鈴が苦笑いをした。

冲有はまったく気にもとめない。

「そんなことは、どうでもいいんです。早く幾世餅を――」

手を伸ばした瞬間、家の引き戸が乱暴に開かれた。

「ご用である！」

誠吾が入り口を見ると、そこには定廻《じょうまわり》同心が十手《じって》を持って立っていた。

（――遅かったか）

誠吾は思わず眉間を押さえる。

同心の後ろから、当番方与力の朗々とした声が響いた。今日の当番は、誠吾の養父、犬飼信二郎ではない。

「このたびの鎌鼬の騒動の頭として、根古屋冲有を捕らえる。神妙にお縄につけ」

冲有は誠吾の手元にある幾世餅を物欲しげに見ると、名残惜しそうに長くため息をついた。

「せんせぇ……」

そうして、ゆっくりと立ち上がる。白猫がソロリとお鈴に寄り添う。

お鈴が悲痛な声をあげた。茫然《ぼうぜん》自失《じしつ》といった様子で、顔を真っ青にしている。

同心たちは緊張の面持ちで、十手を冲有に向ける。

冲有は板の間から土間に下り、草履《ぞうり》を履くとゆっくりと両手首を合わせて同心に差し出した。

「っ！　冲さん！」

誠吾は思わず立ち上がり弁明する。

「こりゃ、なにかの間違いだ！　冲さんが、そんなことするわけがない！」

誠吾が吠えると、同心が十手を誠吾に向けた。

「おぬしは、犬飼誠吾殿……与力見習いであったな。それは与力見習いとしての申し出か。なにか証拠があってのことであろうな？」

与力に冷静に尋ねられ、誠吾はグッと唇を噛む。

（証拠はねぇっ！　だが、俺は、俺は！）

「俺は冲さんの友だ。だからわかる。冲さんはそんなことはしねぇ」

キッパリと言い切ると、プッと噴き出す笑い声が聞こえた。

誠吾がギンと睨みつけると、笑っているのは捕縛された冲有だ。

臆面なく『友』と言い切る誠吾に、ひねくれ者の冲有は照れが勝ってしまうのだ。

「私が友ねぇ……。誠さんは奇特なお方だ」

目尻に涙すらためて、笑っているから腹が立つ。

「冲さん！　いくらなんでも――」

「ありがたいじゃないですか。ならば我が友、誠さんよ。……お鈴ちゃんを頼みます」

冲有はそう言うと、殊勝にも頭を下げた。

（冲さんが、我が友と……！）

誠吾のことを友と呼ぶこともなければ、人に、頭など下げぬ冲有のその姿に、誠吾はグッと胸を打たれた。

お鈴が泣いて立ち上がる。土間に裸足で下りて、土下座する。三匹の猫もそれに寄り添う。

「信じてください。先生はそんなことしません。お願いします。先生を連れて行かないでください。後生《ごしょう》です」

お鈴は同心の足にすがりついた。

「邪魔だてするなら女子どもだろうと――」

「お鈴ちゃん!」

誠吾はお鈴を抱き上げた。

「すまねぇ。今は堪忍《かんにん》だ」

誠吾はお鈴を抱きしめ、耳元に囁いた。

お鈴はブンブンと頭を振る。

「いや、いや……」

同心たちは顔をしかめたまま、お縄になった冲有を引っ張った。

冲有はニコリと微笑み、歩き出す。

「大丈夫です。お鈴ちゃん。心配などいりませんよ。ねぇ、誠さん」

鼈甲色の瞳が、念押しするように輝いている。

(冲さんの信頼に報いなければ！　お鈴ちゃんを安心させなきゃいけねぇ)

誠吾はそう思い、力になれぬ悔しさで涙がにじむ目を見開いて、ニカリと笑う。

「応、任せろ！」

冲有は誠吾の答えに頷くと、ちょっとした往診にでも行くように出て行った。

「嫌、先生、いかないで……！」

お鈴の悲痛な叫びに、誠吾は胸が引き裂かれる思いだ。唇を噛みしめて、お鈴を引き留めるほかなかった。

＊

誠吾は両国へ来ていた。

あれからお鈴は、冲有の仕舞屋で帰りを待っている。

誠吾は一緒に八丁堀の屋敷に連れて帰ろうとしたのだが、「猫がいるから」とがんとして譲らない。

いつもは聞き分けのよいお鈴の意地に、誠吾が負けた。

かわりに近くの長屋のおかみさんに様子を見てもらうよう頼み、仕事が終わった夜に誠吾が泊まりに行くことにしたのだ。

一方、冲有はといえば、自身番屋にとどめられていた。

それを聞いた誠吾は、すぐに自身番屋へと向かった。

役人にタンマリと賄賂を贈り、冲有の入れられた部屋へと案内してもらう。

（どんな酷い目に遭っているのか……）

誠吾は憂鬱な気持ちで足を速める。

「ここだ」

冲有は板の間で手鎖を付けられていた。

「……冲さん……」

思わず小さくなる声に、自身番屋に入れられた者たちがノソリと顔を上げた。

誠吾の姿を見て、カッと怒りに火がつくのがわかる。彼らにすれば、自分たちを捕らえ、こんな地獄へ押し込めた与力らは憎き敵なのだ。

「おい。おまえ、その声、聞き覚えがあるぞ」

「南町奉行所のもんだろう」

「こっちへ来い、殺してやる」

その怨嗟の声が誠吾に向かった。

誠吾はそんな声は怖くはない。

「はっ！　うるせぇ。やれるもんならやってみな！」

誠吾が鼻先で笑うと、冲有が苦笑いする。

「ちょっと、誠さん、やめてくださいよ。私の立場がなくなっちまう」

そう言って、周囲の者に告げる。

「この人は私の友なんです。意地悪言わないでくれるとありがたいねぇ」

冲有の言葉で、部屋の中が静かになる。

「なぁんだ、先生の友かよ」

「ちぇ、先生の言うことならしかたあるめぇ」

ぶつくさと言いながら、彼らは誠吾に背を向けて口を噤んだ。

柵越しに向き合う冲有は、出て行ったときと変わらぬ姿で傷ひとつない。

誠吾はホッと胸を撫で下ろす。

「……！　冲さん！　無事だったかい！」

「ええ、まぁ」

冲有は苦笑いする。

「シャバじゃ信用されてないかも知れませんがね、こっちの世界じゃ別のようです。たまたま前に診た人が幾人かいましてね。いろいろ様子を教えてくださるんです。地獄に仏とはこのことですよ」

冲有が笑い、誠吾はホッとした。この分なら、冲有はなんとかやっていけそうだ。

「……そうか、よかった……」

誠吾はしみじみと安堵のため息をつく。

（金を返しにこねぇ町人よりも、番屋の中で恩返ししようっていう悪党のほうがマシじゃねぇか……）

地獄に仏と冲有は言うが、悪党を仏にしたのは冲有の今までのおこないだ。

（やっぱり、冲さんはすげぇよ……）

誠吾は感動すら覚える。

「すぐ、無実を晴らしてやるからな。それまで我慢していておくれよ」

「おや、誠さんが調べてくれるんですか？」

「当たり前だろう！」

「では、私の引出しにある璃寛茶色《りかんちゃいろ》の糸について調べてみちゃくれませんか？　あと、鱗文様の手ぬぐいです。お鈴ちゃんに聞いてみてください」

冲有はそう誠吾に頼んだ。

「糸と鱗文様の手ぬぐいか」

コクリと冲有が頷く。

「私の考えがあっているなら、狙われるのは船遊びを終えたばかりの人ですよ。道に糸を張って転ばせ、介抱を装って根付けの紐を切り奪い、鎌鼬に罪を着せるってところでしょう」

冲有の推理に誠吾は唸る。

「私が持っているものは証拠になりません。自分で考えた悪さなら、道具を自分が持っていて当たり前ですからね。でも、私がここにいるあいだに使った人がいたら」

「そいつが本物だ」

誠吾が答え、冲有は頷いた。

＊

誠吾は両国にいた。

冲有の言葉を思い出し、犯人を捜しているのだ。

（狙われているのは、船遊び後の田舎者……璃寛茶色の糸と、鱗文様の手ぬぐいを持ってるヤツが犯人だ）

相変わらずの人混みで、足もともおぼつかない。しゃれ込んだ町娘や品のいい若旦那、若衆や伊達者に無頼者、歩き巫女に乞食など、さまざまな人々が集まって、まさに人間のるつぼである。

幾日か両国を歩いた誠吾だが、なかなか鎌鼬には出会わない。

冲有が捕らえられてからなりを潜めているようで、「やはり根古屋が頭だった」と噂が流れていた。

(そんな訳あるかい)

誠吾は思う。財布をすられた怪我人を押しつけられ、なんの得があるというのだろう。

(しかも、みんな金を返しに来やしねぇ。番屋の中で恩返ししようっていう、悪党たちのほうがマシじゃねぇか……)

冲有が関わっていない証拠はない。そもそも、『していない』証拠を出すことは難しい。

だが、状況を見ればわかる。冲有に利などひとつもないのだ。金に困っているわけでもない冲有が、そんな手の込んだことをやるわけがない。

しかし、そう誠吾が訴えたところで、みな曖昧に言葉を濁すだけだ。江戸では犯罪が多いため、『鎌鼬騒動』程度のことを真剣に考える気などない。誰かが捕まってくれさえすれば安心。それでいいのだ。

しかし、無実の者を牢へ送ったことがあとからわかれば、役人も責を問われる。

誠吾は憤り、養父の犬飼信二郎に訴えた。しかし、与力である信二郎はすげなくこう言った。

『だったら、てめぇが鎌鼬を捕まえるしかあるめぇよ』

すでに、定廻同心が捕らえた者に口を挟むのだ。それなりの理由がなければならない。

『おめぇは私情で使い物にならねぇ。今はお役を休んだほうがよさそうだ』

信二郎はそう言うと、誠吾にいとまを出したのだった。

そもそも、誠吾は与力見習いといっても無給である。そのあたりの采配は信二郎の独断で可能だった。

誠吾は父に礼を言い、ひとりの男として鎌鼬について調べていた。

（とはいえ、鎌鼬もそろそろ尻尾を出すだろう）

そう誠吾は踏んでいた。

鎌鼬の目的は、裕福そうな川遊びの客から金を奪うことだからだ。大川もじきに川仕舞いだ。最後に同じことをするだろうと誠吾は踏み、両国に日参《にっさん》していたのである。

（それに、今回は目星も付けてある）

誠吾は懐に忍ばせた璃寛茶色の糸を思い出していた。

冲有の家からでようとしたときに、先日の若者がお礼の布を持って現れたのだった。

冲有が鎌鼬だったという噂を聞きつけ、やってきたのだという。

『あの先生が鎌鼬とは思えません。これが、なにかの役に立ったら……』

そう言って、差し出されたのが璃寛茶色の糸だった。

『帰って見たら足首に絡みついていたんです。私はこの糸に絡んで転んだんです』

若者の言葉は、冲有の推理と一致していた。

緑がかった茶色の糸は、夕暮れの地面に張られると影と混じって見えにくい。狙った人間の足もとにこれを張り、転ばせ、治療をするふりをして、スリを働くのだろう。

今思えば、先日誠吾が助けた子どもは、きっと間違って転ばされたのだ。

(だったら、糸を張るヤツらが潜んでいるはずだ)

誠吾はそう思いながら、出店のあいだに気を配る。すると、干菓子の立ち売りの脇に、屈み込む若衆がいた。借り物のような着物が垢抜けない。

怪しく思い、近くの蕎麦屋で蕎麦をすすりながら眺める。

すると垢抜けない若衆は懐から小石を取り出し、道の対面に投げた。対面の焼きいか屋の影には旅装束の男が潜んでいた。

先日、子どもから巾着を盗もうとした男だ。

旅装束の男はそれを受け取ると、クイと引っ張る仕草をする。

乾いた地面に細い線の影が落ちる。ふたりのあいだに、璃寛茶色の糸がピンと張られた。

(コイツらっ！　石に糸を巻いて投げ、道に糸を張ってたのか！)

誠吾が思った瞬間、着飾った田舎娘がよろめきその場に倒れる。その拍子に糸が切れる。お付きの者がオロオロとしているうちに、最初に石を投げた若衆が、何食わぬ顔で娘に近寄り介抱を始める。

鱗文様の手ぬぐいを噛み、ビッと裂く。その雄々しい仕草に、娘は惚れ惚れとして視線を向けた。

石を懐に入れた男が、そのまま立ち去ろうとした瞬間、誠吾が捕らえた。

「なんでぇ！」

男が誠吾を振り払おうとする。

誠吾は払おうとする腕の一本を抱え込み、引きつけてから背中に担ぎ、投げ飛ばした。

ドスンと鈍い音とともに、砂埃が舞い上がる。

旅装束の男は、蛙のような声で呻く。

誠吾は男の腕をひねりあげ、転んだ娘の前に連れ出した。

介抱しようとしていた若衆が騒ぎに気がつき、逃げようとしたところに、誠吾が声を張りあげた。

「その若衆を捕まえとくれ！」

その声に応じて、焼きいか屋の主人が行く手を阻み、蕎麦屋の主人が若衆を捕らえた。

「誠さん、これでいいんですかい？」

「ああ、ありがとよ」

騒ぎを聞きつけ、岡っ引きの源七がやってくる。

「誠さん、なにごとですか」

「コイツらが鎌鼬だよ」

誠吾は源七に男を突き出した。

男は悔しそうに唇を噛む。

「いったいどういうことでぇ……」

戸惑う源七の目の前で、誠吾は男の懐から糸の巻かれた石を奪い取った。

そして、蕎麦屋が捕らえた若衆を流し見る。

「そっちの若衆が石を投げ、こっちの男に渡して道に糸を張ったんだ。それで、その娘さんが引っかかり、転んだってわけさ」

「証拠は」

「娘さんの足もとを見ろよ。同じ糸がかかっている。根付けの紐が切られてるんじゃねぇかい？　そんで、その若衆の袖には娘さんの巾着でも入ってるだろうよ」

源七が若衆をあらためると、誠吾の言葉どおり若衆の袖から娘の巾着が出てきた。介抱をするふりをして若衆が根付けの紐を切りスっていたのだ。

「それだけで今までの鎌鼬とは……」

若衆が抵抗する。

「だったら、鎌鼬に切られたお人を呼べばいい。みんな、こいつの顔を覚えてるだろうよ。それに、同じ鱗文様の手ぬぐいで介抱してもらったはずさ」

誠吾は若衆の持っていた水縹色で染められた鱗文様の手ぬぐいをパンと一振りした。

若衆は顔を背け俯くと、もうなにも言えない。

「……おみそれしやした」

旅装束の男が唸るように吐き出して、すべてを認めて頭を下げた。

垢抜けない若衆も諦めたようにため息をつく。

「さすが誠さんだ！」

源七が感心すると、ワッと往来が湧く。ヤンヤヤンヤの喝采に、誠吾は気恥ずかしく顔を赤らめ、鼻をこすった。

＊

誠吾の働きにより、冲有は放免された。

迎えに来た誠吾と連れ立ち、まずは湯屋《ゆや》へより汚れを落としてから、家へと向かう。

お鈴に心配をかけまいとする冲有の心遣いだ。

仕舞屋の引き戸を開けると、主の久しぶりの帰宅に喜んだ猫たちが、冲有に頭突きをかましてくる。

お鈴は、まるでなにもなかったかのようにいつもどおりの柔和な微笑みを湛えている。後ろの板の間には真新しい浴衣が用意してあった。今か今かと帰りを待ち焦がれていたのだろう。

しかし、それをおくびにも出さない姿が、甘えられない彼女の遠慮を表しているようで、誠吾は胸が痛む。

「猫の世話、ありがとうございました。みな、元気そうでよかったです」

冲有が礼を言い、お鈴の頭をポンポンとはたいた。

お鈴はハッとしたように両手で頭を押さえ、面を上げる。目尻には涙が光り、表情には困惑の色があった。

「おや、すみません。いやでしたか？　湯屋で汚れを落としてきたんで綺麗ですよ？」

冲有が言い訳をすると、お鈴は俯き頭を横へ振った。そして、まるで猫のように冲有の腹に頭突きをして、抱きついた。

冲有の手のひらの体温が、お鈴の我慢の堰を決壊させたのだ。

「元気そうってなんですか。先生のばか。湯屋なんてよらないで、早く帰ってきてくれなくっちゃ」

お鈴が涙声でなじる。

「いや、でもね。お鈴ちゃん、番屋ってのは汚いんですよ。病のもとがたくさんで」

沖有が珍しくオロオロと説明する。

子どもに泣かれるのは苦手なのだ。

お鈴は無言で、頭をグリグリと押しつける。

「ばか、ばかです……」

誠吾は珍しく動揺する沖有を見て、おかしくて笑った。

「誠さん、お鈴ちゃんに言って聞かせてやってくださいよ」

「おめぇさんは、少し叱られたほうがいい」

「今回、私はなにもしていないじゃないですか」

「私に心配かけました！」

お鈴が顔を上げ、キッと睨む。

沖有はタジタジとして、誠吾に視線を向けた。

「誠さん！」

「男だろ、それくらい自分でなんとかしろよ」

誠吾はカラカラと笑う。

「お鈴ちゃん。すみません。こんなに心配かけるとは思わなかったんです」

「先生は、もっと、自分を大切にしてください！」

「ええ、ええ、わかりました」

「本当ですか？　約束ですよ」

「ええ、約束です」

「じゃ、指切りです」

お鈴は言うと、小指を出した。

「……指切り……ですか……」

冲有はポカンとする。

そんな約束をしたのは、人生でたったの二回。これが三度目だ。くすぐったいような、苦いような気持ちになりつつ、小指を絡める。

「指切り拳万《げんまん》、嘘ついたら針千本飲ます、指切った！」

お鈴が歌い、絡め合った指を離す。

こそばゆい気持ちが勝った冲有は、照れ隠しでひとこと付け足した。

「死んだらごめん」

するとお鈴が睨みあげた。

「もう！　先生！」

猫もお鈴に加勢して、ニャァと抗議をする。

自分を大切にしてほしいという約束なのに、死んだときのことを持ち出すのだから無神経だ。

「それじゃ野暮だろ、冲さんよ」

誠吾は苦笑いする。

「ああ、もう、悪いのは全部私ですよ」

冲有がすねたようにそっぽを向く。

ほのかに赤らむ首筋を見て、お鈴は満足いったのか元気よく冲有から離れた。

「新しい浴衣、あります」

そう言うと、冲有に手渡す。

冲有は新しい浴衣に袖を通し、小さく笑う。相生鼠色《あいおいねずいろ》の地の浴衣には、斧と琴と菊の柄が白く描かれていた。

「斧琴菊《よきこときく》ですか」

「先生がお助けになったお人が、お礼に届けてくれたんで、長屋のおかみさんが仕立ててくださったんです」

お鈴が笑う。

冲有は鳩が豆鉄砲を食ったように目を見開いた。

「……そんなこともあるんですか……」

「おうよ、鎌鼬を捕まえる決め手になった糸も届けてくだすった」

誠吾が付け足す。

「捨てたもんじゃあないですね」

冲有は斧琴菊の柄をしみじみと撫でた。

「そうだ、幾世餅を持ってきた。食おうぜ！　食おうぜ！」

誠吾は冲有をむかえに行く前に幾世餅を買っていたのだ。

「ああ、ずっと心残りだったんです。食べてからお縄になればよかったって。次は、ちゃんと食べてから――」

「だから、先生！　もう捕まっちゃだめなんですからね！」

「たく、こりゃダメだ」

お鈴に叱られ、誠吾に呆れられ、猫にも尻尾ではたかれ、冲有は目尻を下げる。

「はい、すみません」

冲有が殊勝に謝ると、お鈴も誠吾も、クスクスと笑った。

お鈴が菓子を手に取った。

誠吾も同じく幾世餅を口にする。甘い餡が胃の腑にしみる。

冲有は早くもふたつ目に手を伸ばした。

「美味しいですねぇ」

満足げに目を細める。

「両国の小松屋だ」

誠吾が答えると、冲有は微笑んだ。

「お鈴ちゃん、今度行ってみましょうか。川仕舞いとなれば少しは空くでしょうから」

冲有の誘いにお鈴は目を輝かせた。

「はい！」

嬉しそうに元気いっぱい返事をする。おとなびて見えても、こういうところはやはり子どもだ。

誠吾は少し意外な気持ちで冲有を見た。

冲有にとって盛り場は愉快な場所ではないと誠吾は知っている。仕事で出向くことはあっても、自ら遊びに行くような場所ではなかった。

（俺が冲さんと初めて会ったのも盛り場だった。……もう、わだかまりはないのかねぇ。それともお鈴ちゃんのためだからか……）

誠吾は幾代餅を噛みながら、冲有との出会いを思い出していた。

三章　河童《かっぱ》と汁粉《しるこ》

冷たい風が吹いてくる霜月の黄昏時。

今日は誠吾の父の命日だった。

神田旅篭町《はたごちょう》に住む生みの母を、小石川《こいしかわ》にある喜運寺《きうんじ》の墓に眠る父のもとに案内したのだ。そのあと、生家の長屋へ戻り久々に母子水入らずのときを過ごしてきた帰りだった。

あの日のように雨が降り出しそうな空である。重い風が木の香りを運ぶ。

犬飼誠吾は竜閑橋《りゅうかんばし》の手前で足を止めた。正確にいえばこれ以上足が進まないのだ。いつもだったら簡単に渡る橋。

しかし、今日はなんとも怖ろしい。同じ日、同じ刻、同じ天気が偶然に重なって、黄泉路《よみじ》へ向かう橋に見えた。

誠吾は大きくため息をつき、脇腹をさすった。

（はー、なさけねぇ。もう四年も前の話だろうが）

誠吾は自分自身に憤る。こらえきれず降りだした雨が、まるで涙のように誠吾の頬にポトリと落ちた。誠吾は頬に落ちた雨を拭った。

そして緋色の腹切り帯をパンと叩く。

(クッソ。いつまでこんなもんに縛られるんだ)

子どものころのとある事件が原因で、誠吾の脇腹は雨が降るとシクシクと痛むのだ。

*

犬飼誠吾は犬飼家の屋敷からこっそりと抜け出て、神田旅籠町へと向かっていた。誠吾は十三になっていた。

若衆髷に留紺色の振り袖姿で、刀は家に置いてきた。

八丁堀周辺は武家屋敷が多く、塀が高い。霜月も終わりの冷たい風が乾いた埃を運んでいく。道に射す影さえも下町より濃く感じて、誠吾はいまだ慣れなかった。

昨年、誠吾は与力の犬飼信二郎に引き取られた。

誠吾の父は犬飼家の嫡子だったのだが、戯作者になりたいと家を飛び出したらしい。誠吾が十の年に亡くなったのだが、昨年まで誠吾はなにも知らずに母ひとり子ひとりで生きてきた。

突然、犬飼家の養子に、と当主自ら現れたときは心底驚いた。そして、母は喜んで息子を差し出した。

よかったね、誠吾にそう言ったのだ。

誠吾の家は、けっして裕福ではない。汁粉を売って歩く『正月屋《しょうがつや》』が生業だ。

誠吾も小さいころから行商を手伝った。

母は、体の大きい誠吾を大工に弟子入りさせたいと願っていたが、誠吾は母を助け、自分も正月屋になるものだと思っていた。

ずっと母子で助け合い生きていくのだと思っていた。

父がいないからこそ、母を守るのだと、そう思ってきたのだ。

(それなのに……おっかさんは違ったんだ)

誠吾は裏切られたような気持ちになった。犬飼家に養子に入るには、母との縁を切るのが条件だったからだ。

もう二度と、生みの母には会ってはいけない、犬飼の養父はそう言った。

母はそれでも喜んで、誠吾を手放したのだった。

犬飼家では、誠吾を丁寧に扱ってくれる。

養母も新しくできた姉も、優しい。飯食いに困ることはなく、おかわりをためらう必要もない。着物も立派だ。勉学も剣術も習わせてくれる。

不満はない。というよりも、不満など持ってはいけない。

与力は江戸で憧れの仕事だ。

誠吾だって憧れていた。ただしそこには身分という絶対的な壁があり、目指せばなれるものではない。

しがない町人の息子がお武家様になるのだ。母が喜ばないはずはない。

だが、わかっていても、誠吾は淋しかった。どんな豪華な食事が用意されていても、母の煮物が食べたかった。

今日は亡き父の命日だ。小石川にある犬飼家の墓に案内され、父がそこに葬られていると初めて知った。今まで墓参りをしていた場所に父は埋葬されていなかったのだ。

父が眠るという墓で手を合わせると、どうにも胸がザワついた。

母はひとりでなにを思っているのだろうか。父がいない墓に、花を手向けている母の姿を思い、いても立ってもいられなくなった。

ひと目でいいから、おっかさんを見てみたい。約束だから母には会わない。会えないけれど、暮らしぶりだけでもたしかめたかったのだ。

だから誠吾は思い切って、犬飼家を抜け出したのだった。

思い上がりもあった。誠吾は、同い年の子どもより体格がよく、裏長屋では喧嘩で負けたことはなかった。

向かうところ敵なしと、粋がっていた。ひとりで家を抜け出すことは簡単だと思っていた。

与力の家を抜け出して、鼻を明かしてやりたい気分もあった。

どんなに偉そうにしていたって、子どもひとり見逃しちまうんだと。

犬飼家の人々はそんな誠吾に気がついていたが、母を恋しがる子どもが不憫で、見て見ぬふりをしてくれていたのだ。

かわりに、信二郎は、誠吾を見かけたら目をかけてほしいと配下の者たちに頼んだのであった。


誠吾は神田の町へ帰ってくると深呼吸をした。息を吹き返したような気分になる。

商人や職人たちの賑やかな呼び声と、道を駆け回る子どもたち。股引《ももひき》姿の岡っ引きが、店先に腰を下ろし、与太話に興じていた。

青梅縞《おうめじま》の着物に白いさらしの手ぬぐいを肩にかけた巾着切りが、誠吾を狙ってやってくる。

しかし、誠吾に見咎められて、へへと薄ら笑いをして逃げた。

(相変わらずだ)

新参者には厳しいが、住み慣れた住人たちには優しい町だ。変わらぬ姿に、誠吾はホッと息を吐いた。

住んでいた長屋を覗きに行く。母は行商に出ているはずの時間だった。母のいない長屋を見れば、出て行くときと同じようにこざっぱりとしていて、元気なのだと安心する。人の視線を感じて、誠吾はそそくさとその場を去った。母とすれ違うことを期待しながら、あてどなく町を歩く。生まれ故郷でコソコソとしなければならないことが、誠吾を酷く惨めな気分にさせた。

しかし、母を見ることはかなわぬうちに、日が落ちてきた。夕七つまでには戻らなければ、抜け出したことがバレてしまう。

ひとり黄昏時の町を足早に歩く。今にも雨が降りだしそうな曇天が、いつもより日暮れを早めたようだった。

竜閑橋の前まで来た。

この橋を渡れば、日本橋だ。神田を出てしまう。

後ろ髪を引かれる思いで、誠吾は隠れるように息を吐いた。そして、腹の下に力を入れる。

神田にはもう誠吾の居場所はない。どんなに息が詰まりそうでも、この橋の先の八丁堀で生きていかねばならないのだ。

なぜか今日は人気《ひとけ》が少ない。黒い雲が夕焼けを遮り、ポツポツと雨が降りだした。なんだか黄泉の川を渡るような気分さえしてくる。

橋の中程まで誠吾が小走りで渡っていくと、反対側から男がやってきた。俯き加減で、夕暮れのせいか顔がよく見えない。

着流し姿だが、羽織を着ていない。総髪で、大刀を一本差している。きっと浪人なのだろう。手は懐に入っている。上背が高い。

誠吾は橋の欄干に寄った。すれ違いざま男がよろめいて、誠吾の肩にぶつかった。

誠吾は思わず男の顔を見る。

男は笑っていた。乾いた唇から零れた黄色い前歯がひとつ欠けている。

あっと思った瞬間、腹部に激痛が走る。反射的に腹を見る。刃物が刺さっていた。

誠吾はとっさに男の手の上から、刃物の柄を掴んだ。男は驚いて、誠吾の手を振り払う。

誠吾は思わずよろめいた。欄干に手をつこうとした瞬間、男に押される。そのまま誠吾は竜閑橋から御堀へ落ちた。

(しくじった)

腹が焼けるように熱い。自分の手のあいだから生温い血が滴っている。

(粋がってたバチが当たった)

誠吾は、黒い川に沈んだ。冷たい水の中、自分の体から血とともに体温が抜け落ちていくのがわかる。

誠吾は流されながら、自分は死ぬのだと思った。

（こんなことなら、怒られてもおっかさんに会いに行けばよかった。最後におっかさんの飯が食いたかった）

薄れゆく意識の中で思い出すのは、忙しそうに煮炊きする母の姿だった。


ズルリ、男は水死体を川岸に引き上げた。

ここは大川の中州である。

冷たい雨がシトシトと降っている。暗闇の中でもわかる身なりのよい子どもの死体だ。とても珍しい。

「可哀想にねぇ」

男は両手を合わせ、念仏を唱えた。男は元船頭だった。

誰に頼まれたわけではないが、水死体を引き上げ供養していた。大川ではたびたび水死体が流れてくる。それを中州に引き上げてやる。

姿が綺麗な水死体は、陸に上げてやれば、家族が迎えに来ることもある。誰にも引き取られなかった遺体は、葬ってやるのだった。

「そこで迎えが来るのを待ってろよ。駄目なら俺が埋めてやるから」

男は慰めるように話しかけると、暗い川へ舟を漕ぎだした。

男の舟が中州から離れた瞬間、別の男が現れた。男の名は根古屋道三《どうさん》。男のそばには、鱗文様の手ぬぐいで頬被《ほおかむ》りをした少年が、無表情で立っている。

三年前に道三が拾い、『冲有』と名付けた少年だった。

冲有は、十五、六歳くらいだろうか。生まれた日は知らないという。母の名も、顔も、知らぬ存ぜぬだ。

人より白い肌に、高い鼻。茶色の瞳と、唐茶色でくせのある髪が独特だった。周りとは少し違う風貌を気にしているのか、いつも手ぬぐいで隠している。

拾ったときは瀕死の状態で、今も感情の起伏を見せない。生きるのに投げやりのように見えた。

「帰るところがないから死にたい」と言う冲有に、道三は「自分で居場所を作れ」と言った。居場所を作る方法を覚えるまで、ここにいろと説得したのだ。

冲有は自ら死ぬ気力もないらしく、おとなしく道三に従っている。

道三は蘭方医だ。彼は時折大川の中州へ、医学の勉強のため水死体を見に来るのだ。

あわよくば解剖ができたらと思っていた。

道三は子どもの死体を見て、眉を顰めた。

「気の毒にな……」

ボソリと呟く。

道三のそばに立っていた冲有が、ギュッと道三の着物を掴んだ。

「どうした？　冲有」

道三が冲有の顔を覗きこむ。冲有の瞳は、虎目石のように光っていた。

冲有は道三の着物から手を離すと、無言で死体へと駆け寄った。そして、顔を唇に近づける。

「……！　まだ、息がある……」

冲有は顔を上げ、道三を見た。

その顔は必死で、目尻に涙が浮かんでいる。

「どうした？　冲有」

「……けて。……助けてください」

冲有が地面に額を付け、道三は驚いた。

冲有は今まで、道三になにかを望んだことはなかった。

怪我をしても、熱を出してもなにも言わない。

腹が減っても口にはせず、こちらが食事を用意すればおとなしく口を付けたが、それだけだ。

きっと、酷い生活を送っていたのだろう。拾ったときの傷は、紛れもなく暴行のあとだった。

三年経った今ですら、人目を恐れ、いつも手ぬぐいを被っている。表情も少なく、滅多に口も利かない。

そんな冲有が、はじめて助けを求めたのだ。

(この子はこんな顔もできるんだな)

道三は驚き、そうとう大切な相手に違いないと感じた。

「きっと助けてやるからな」

そう請け負うと、腹部の傷を広げないよう、子どもを抱き上げる。

道三と冲有は急ぎ、神田の仕舞屋へ戻った。

濡れたままの子どもを家の板の間に上げる。

二匹の猫が道三を窺《うかが》い見ている。コロコロとした白い猫と、若いトラ猫である。

道三は子どもの口の中に手ぬぐいを入れた。

「川が冷たくてよかった……」

冷たい水のおかげで仮死状態になっているのだ。そのうえ、刃物が刺さったままで、出血が思ったより多くない。

「まだ間に合う。いや、間に合わせなくては」

道三は自分を奮い立たせるように呟く。

子どもの胸の下をさらしできつく巻く。そうして、子どもの上に跨がった。暴れない

ように と、足腰で下半身を固定する。

傷口に近い部分の着物を切る。

綺麗な布を持った手で、刃物の刺さった部分をきつく押し、丁寧にゆっくりと刃物を抜いた。

しばらく傷口を押さえて様子を見る。思ったほど出血がないことを確認し、道三は傷口に灯を寄せて見る。

傷は深いが、刃物がよかった。傷口は綺麗だ。内臓も出てこない。

「これならなんとか」

道三が呟くと、今まで見守っていただけの冲有が口を開いた。

「私にできることはないですか？」

今まで、道三を手伝おうとしたこともない無気力な少年だった冲有が、初めて自ら申し出た。

(なにかが変わるかもしれないな)

道三は思う。

「針と糸、それに阿刺吉《アラキ》酒の入った徳利を持ってこい」

冲有はキョロキョロとあたりを見回す。

道三は顎をしゃくって指示を出す。

「あっちだ」

沖有は頷いて、針と糸と徳利を道三のそばに置いた。

道三は徳利の酒を口に含み傷口に吹きかけた。

そばにいた沖有が糸と針を手渡す。

(まったく、たいしたもんだ。きっとこの子は知り合いなんだろうに……泣くでもなく、騒ぐでもない。医者むきの肝っ玉だ)

静かに手伝う沖有の様子に感心しながら傷口を縫いはじめた。

*

翌日。誠吾は生温かい重さで目を覚ました。見知らぬ天井が見えた。

ナァと猫が鳴き、腕に猫の顎が乗っていたのだと気がつく。

若いトラ猫は誠吾と目が合うと、スタスタと行ってしまった。

(死なななかったんだ——)

誠吾はボンヤリと思った。

猫に呼ばれたのか、白髪交じりの総髪姿の男がやってきた。道三である。

誠吾は身構える。橋の上で、殺されそうになったのだ。

（こいつが俺を——？）

体がこわばった瞬間、腹の傷が痛んだ。

「っ！」

声にならない声を飲み込む。

「目が覚めたな。よかった、よかった」

道三はそう笑った。

「……助けてくれたんですか？」

「ああ」

「どちら様かぞんじませんが、ありがとうございます」

誠吾は素直に礼を言った。

道三は微笑んで頷いた。

「坊ちゃんを助けたのは、あっちの子だよ。冲有、そんなところにいないでこっちへおいで」

道三が手招きする。

そちらを見ると、仕舞屋の二階へ続く階段からこちらを覗きこんでいる少年がいた。猫のような目つきだ。藍白色《あいじろいろ》で染められた鱗文様の手ぬぐいを頭に被っている。

「ありがとう」

誠吾が声をかけると、少年はスッと二階へ上がって行ってしまった。

道三はそれを見て小さく笑う。

「坊ちゃんにもこれかい。しょうがねぇなぁ。私の名前は根古屋道三だ。このあたりで医者をやっている。まぁ、いわゆる藪医者で。坊ちゃん、いくつだい？」

道三が問う。

「十三……で」

「冲有とはみっつぐらい違うのか。名前は？」

誠吾は困った。神田にいたころの誠吾は『正月屋』と呼ばれていた。しかし、自ら犬飼と名乗るほど犬飼家になじんでいなかった。

「……誠《せい》……」

なんとなく本名が言いがたく、ごまかすように名乗る。

道三は誠吾が嘘をついたことに気がついたが、問い詰める気はなかった。

そもそも、道三のところへ担ぎ込まれてくるような者は訳ありだ。

気づかぬふりをしてやろうと思ったのだ。

「誠さんか。しばらくここで養生していきな」

「でも、俺、お医者さんに払える金なんかありません」

「親は持ってるだろう？」

ニヤリと道三が笑って、誠吾は恐縮した。

医者にかかるには金が必要だと知っている。だから、貧乏な長屋暮らしではなかなか医者にはかかれない。薬でどうにもできない病は諦めるしかないのだ。

たしかに与力の犬飼家ならば、医者にかかる金はあるだろう。そして、養子だからと出し惜しむ人柄でもないことも知っている。かといって、誠吾は犬飼家に払ってもらおうとは思えなかった。

約束を破り母のもとへ行き、その帰りに襲われたのだ。すべては誠吾の責任なのである。

「でも、おっかさんはそんな金」

誠吾が言いかけると、道三は茶碗を突き出した。

「まぁまぁ、冗談だ。冲有の知り合いなんだろ？　なら、特別だ」

言われて、誠吾はまごついた。

「俺、冲有なんてお人、知らないんで……」

道三は驚いた。なににも関心を持たない冲有が、頼み込んで助けた命だ。きっと友人なのだと思っていた。

「ああ、もしかしたら、おまえさんが知ってる名前は冲有じゃないのかもしれないな。三年前に俺が拾って名を付けたから」

道三に言われても、誠吾にはまったく覚えがなかった。

首をかしげる誠吾を見て道三は笑った。

「ま、子どもはすぐ大きくなるからな。わからなくなっても仕方ねぇ。とりあえず、これでも飲んで落ち着きな」

「でも、人違いならなおさらお世話になるわけにはいきません」

道三は真剣な目で誠吾を見つめた。

その気迫に、おもわず誠吾の喉がヒクと鳴った。

「助けるって、さっきの子と約束したからな。治るまでは、嫌でもここにいてもらう」

道三は一転して微笑んだ。

呆気にとられる誠吾を見て、道三は顎をしゃくる。

「ほら、その薬、飲みな」

誠吾は慌てて薬を飲んだ。臭くて苦い。思わず盛大に顔をしかめ、舌を出した。

「不味いか」

「不味い」

「だろうなぁ」

道三は楽しそうに笑うと、誠吾にあめ玉をひとつ渡した。

鼈甲色をしたまぁるい飴は、冲有と呼ばれた少年の瞳に似ていた。

「これでも舐めて寝るといい」

道三が言うと、トラ猫が布団の上に乗っかった。湯たんぽのように温かい。その温かさが懐かしかった。父と母で川の字で寝ていた長屋を思い出す。

猫の喉がゴロゴロと鳴っていて、心地がよい。誠吾はホッとして瞬く間に眠りに落ちていった。

＊

誠吾はそれから道三の家で幾日か過ごした。

誠吾を助けてくれた冲有という少年は、誠吾と目を合わそうともしない。

食事を終えて、誠吾は話しかけてみた。

「おまえが助けてくれって言ってくれたんだってな。ありがとよ」

誠吾が礼を言うと、冲有は無表情で立ち上がり、スルリと二階へ逃げてしまった。まるで、懐かない猫のようだ。

「……なんでぃ……人違いだって気づいて馬鹿みたってことかよ」

誠吾はやるせない気持ちになる。こんなふうに人から避けられたのは初めてだった。

道三は苦笑いした。

「気にすることないさ。冲有は誰にでもああだから。俺にだって必要最低限の話しかしないからな」

誠吾は黙る。

たしかにそうなのだ。

冲有は、食事のとき以外は二階で猫の面倒を見ているらしい。

道三とすら会話らしい会話はしない。

(そういうタチならしかたねぇか)

誠吾はそう割り切ることにした。

「おーい、冲有！」

道三が二階に向かって声をかける。

「俺は往診に行ってくるから、誠さんに薬をやっといてくれ！」

冲有はヒョコリと顔を出したが、困ったように口を噤む。

「誠さんはまだ病人だ、おまえがきちっと世話をするんだぞ。誠さんも薬を飲んだら、布団で寝るように」

道三はそう命じると、薬籠《やくろう》を担いで外へ出て行ってしまった。

誠吾は小さくため息をつく。

冲有とふたりで残されると思うと気が重い。

（それならひとりのほうがましだ）

そう憂鬱に思う。

すると、気がつけば沖有が自分の目の前にいて驚いた。音もしなかったのだ。

「っ！」

「これ」

沖有は小声でそう言うと、薬の入った椀《わん》を差しだした。

誠吾は眉間に皺を寄せる。

「これ、不味いんだよな」

沖有はなにも答えない。

話しかけたつもりだった誠吾は、気まずくなって椀を呷った。

（仲良くなりたいのは俺だけかい。だったらいいさ、俺だって）

そう思う誠吾の前に、皿に載った水飴が置かれた。

「……え？　これ、俺に？」

誠吾は驚いて沖有を見る。

沖有は黙って頷くと、道三と誠吾の箱膳を片付けにかかった。

（嫌われてるわけじゃねぇ。……のかな？）

誠吾は水飴を舐めながら、沖有の背中を見る。

沖有は、視線を感じたのか、誠吾を振り返った。
思わず目が合う。
沖有は驚いたように目を逸らし、そして、なにも言わずに誠吾の布団を見た。
布団に入れということらしい。
「水飴食べたら寝るよ」
誠吾は答える。
沖有は頷いて、背を向けた。

（熱い……汗がきもちわりぃ）
誠吾は布団の中で呻いていた。
刀傷による発熱が今でもときおりぶり返す。
「ううう……」
思わず唸ると、額がヒンヤリとした。
（気持ちがいい……）
どうやら、濡らした手ぬぐいを載せてくれているようだ。
（道三先生が……帰ってきたんだな……）
人の気配は感じるが、薬のせいなのか瞼が上がりきらない。

その人は、布団をまくり、着物を開き、冷たい手ぬぐいで誠吾の体を拭ってくれる。
ハタハタと団扇がはためいて風がくる。
誠吾に風を送ってくれているのだ。
（ありがてぇ……優しいよな、先生は……）
夜な夜なそうやって誠吾の面倒を見てくれるのだ。
人影が立ち上がり、誠吾のそばに座った。
額の手ぬぐいをとり、桶に入れる。
そうして、手ぬぐいをギュッと絞ると、誠吾の額にもう一度載せた。
（いつもよりしっとりとした手ぬぐいだ）
誠吾は思う。
顔を覗きこんでくる気配がして、誠吾は頑張って瞼を上げた。
視界に飛び込んできたのは、鼈甲飴のような瞳だった。
冲有だ。
冲有は誠吾と目が合うと、慌ててきつく瞼を閉じた。
「……旨《うま》そうだな」
誠吾は思わず独りごちた。
冲有は恐る恐る片眼を薄く開く。

誠吾はそれを見て笑った。

「おまえの目、鼈甲飴みてぇだ」

冲有は呆気にとられたように、ポカンとして両目を開いた。

脱力してへたり込む。

その拍子に、頬被りしていた鱗文様の手ぬぐいが落ちた。唐茶色のくせ毛が零れる。

そこでようやく誠吾は思い出した。

「……ああ、おまえ、天狗じゃねぇ子じゃねぇか。あんの、嘘吐き見世物小屋《みせものごや》の」

冲有はただ誠吾を見つめていた。

「なんでぇ、そんな頬被りなんかしてるから、わからねぇじゃねぇかよぉ……」

誠吾はそう言うと、冲有に手を伸ばす。

しかし、眠気には逆らえず「変なモン被ってんじゃねえよ」と呟きながら瞼が閉じてゆく。

誠吾の手が、冲有の膝にポトリと落ちた。

＊

冲有が誠吾に出会ったのは、誠吾が十、冲有が十三の年だった。

沖有は肌が白く、鼻が高い子どもだった。髪の色も唐茶色で珍しく、瞳も虎目石のようだ。

その見た目のせいで、『天狗の子』としてバケモノの見世物小屋に売られたのだ。

天狗の他にも『人魚』だの『鬼』だのと呼ばれる人々と、沖有は一緒に暮らしていた。

沖有は人魚たちと一緒に、各地の盛り場を旅していた。

木の檻《おり》に入れられ、作り物の黒い羽を背に付けて、額には頭襟《ときん》を付けられ見世物になるのだ。

酒を飲ませると顔が赤くなるので、見世物の前には酒を飲まされていた。

木の檻に入って客を待つ。

客は追加の杖代《つえだい》を払えば『天狗の子』を、杖で檻越しにつつくことができた。

沖有はつつかれれば「マオマオ」と鳴いてみせる。なかには手ひどく打ってくる客もいた。そのせいで、いつも生傷が絶えなかった。

しかし、自分は『天狗の子』なのだからしかたがないと思っていた。

それが沖有の日常だった。

そんなある日のこと。

薄暗い見世物小屋で、沖有はいつものように檻の中にうずくまっていた。

何巡目かのお客が去ったところだった。今日も今日とて手ひどく打たれ、鼻血が出たままだったが、裏に引っ込むことは許されない。

新たな客が入ってくる。

「おお、天狗だ、天狗。真っ赤な顔してやがる」

「気味の悪い髪だな。ボサボサで」

「本当に怖いねぇ。ギラギラと光った目。あんなの見たことない」

「でも、思ったより鼻は低いんだな」

客が口々にそう言えば、見世物小屋の男が笑う。

「あんたたちお客が、天狗の鼻を杖で殴るもんだから低くなっちまったんだ」

「たしかに、天狗の鼻をへし折ってみたいやつは多いからな」

客もつられるように笑った。

「そいつはいけません。こんなにひどく打たれたら、見世物になりゃしません。打つのはいけないが、杖で触れるのはうちだけだよ。さぁ、今のうち。天狗をつついてみたいお方はいないかね！」

見世物小屋の男が声を張りあげる。

もう聞き飽きた台詞で、冲有の心は傷つかない。

客の中に、ひとりの子どもがいた。

きっと忍び込んできたのだろう。親らしき影はなく、キョロキョロとして挙動不審だ。

（いやだな）
冲有は思った。
（酔っ払いと子どもは手加減をしないから）
誰も杖代を払ってくれるな、冲有は祈るような気持ちで檻の床を見た。
子どもはコソコソと檻の前にやってきてかがみ込む。
そうして、ジッと冲有を眺めた。
冲有は目を逸らす。
「……どう見ても人にしか見えねぇんだけどなぁ……？」
子どもがそう呟いた。
「髪の色は珍しいが、おまえ、本当は天狗なんかじゃねぇだろ？」
冲有は思わず子どもに視線を向ける。
子どもは、冲有を見ると瞳を輝かせた。
「うわぁ……鼈甲飴みてえな目だなぁ……。舐めてみてぇ……」
意外な言葉に冲有は驚いた。
そして、キツく瞼を閉じた。
瞳をえぐられたらたまらない。
そのとき杖を持った男が檻に近づいてきた。

杖代を払ったのだろう。

沖有はギュッと体を強ばらせる。

頭を腕でかばい、打たれる覚悟を決めた。

すると、子どもが立ち上がって、男の杖を止めた。

「なにしやがる、このガキ！」

「おじさん、この子、打つんだろ？　可哀想じゃねぇか」

「悪い天狗だ。可哀想じゃねぇよ」

男は笑う。

「でも、この子、天狗じゃねぇよ」

子どもはそうあっけらかんと言った。

客たちはザワついて、見世物小屋の男を見る。

「なんでぇ、嘘かい」

「嘘じゃねぇ！　そのガキの言うことを信じるんで？」

見世物小屋の男が言うと、子どもは男に杖を強請った。

「おじさん、杖を貸しておくんねぇ」

子どもは言うなり、杖を男から奪う。

周りが慌てているうちに、子どもは杖を檻につっこんだ。

「えいやっ」

子どもは冲有の羽を、横から力いっぱい突いた。

すると、その偽物の羽は背から落ち、客たちは騒然とした。

「ほらな。『天狗の子』なんかじゃねぇ。これはただの子どもだぜ」

子どもは自慢げな顔をする。

「なんだ！　偽物じゃねぇか！」

「騙して子どもを殴らせたのか！」

「ひでぇ輩だ‼」

ワッと、騒ぎ立てる人々を見て、冲有は呆然とする。

「おまえ！　このクソガキ！　親はどこだ‼」

見世物小屋の男が声を荒らげると、子どもは見物客のあいだをかいくぐって逃げてしまった。


その日、『天狗の子』の見世物はいったん店じまいとなった。

冲有はなんだか胸がスッとした。「ざまぁみろ」と思った。

そのあと、冲有は見世物小屋の陰で、『人魚』と呼ばれる姉さんから手当てを受けていた。見世物小屋のバケモノは、傷ついても医者に診せられることはない。医者も気味悪がるからだ。

バケモノ同士で手当てするだけだ。

人魚の姉さんは、水縹色をした鱗文様の手ぬぐいを濡らし、冲有の鼻を冷やす。その手には、指のあいだに水かきがあり、肌には鱗があった。そのため、見世物小屋では足には魚の尾のような布を巻き付けられ、水を張った桶に入れられていた。

そうして、歌を歌ったり、嘘っぱちな預言をしたりするのだ。

顔立ちは美しいのだが、鱗のような肌では女郎にはできないと、彼女もまた見世物小屋に売られたのだ。

冲有より十五ほど年上で、母のようでもあり姉のようでもあった。冲有を唯一慈《いつく》しんでくれた人で、この人だけには心を開くことができた。

冲有たち見世物は、お互いの名前を知らない。冲有も『天狗』と呼ばれていた。そもそもここにいるバケモノには自分の名前などないのだ。

「天狗。今日のあれはスキッとしたね」

人魚の姉さんがいたずらっぽく笑った。

冲有は頷く。

(あの子は、私を「天狗じゃない」って言ってくれた)

その言葉を思い出すたび、冲有の心は不思議なことに温かくなる。

天狗の子だから捨てられた。天狗の子だから殴られる。

普通の人間になりたいと、冲有はずっと思っていた。

そんな冲有を、「人だ」と言ってくれたのだ。

人間扱いされてこなかった冲有には、なんとも不思議な感覚だった。

「あの子、私を人だって言った……」

冲有が言うと、人魚の姉さんは微笑んだ。そして、冲有の頭を撫でる。

「よかったね」

「うん。私が天狗じゃないなら、姉さんも人魚じゃないね」

冲有が笑うと、人魚の姉さんは冷笑を湛える。

「でもね、アタシは『人魚』じゃなくなったら生きていかれないんだよ」

冲有はその言葉にゾクリとする。

「これさえなければ吉原にでも居場所はあったかもしれないけどね」

自嘲するように人魚の姉さんは、鱗の生えた自分の腕をピシリとはたく。彼女は、苦《く》界《がい》と呼ばれる吉原のほうが、見世物小屋よりマシだと思っているのだ。

「いくら、その子が人だと言ってくれたって、天狗の目の色は変わりゃしないし、その赤っ茶けたクシャクシャの髪だってそのままさ。周りの人は天狗と呼ぶ。そんな天狗が、ほかの仕事なんかできると思うかい？　アタシらは人といっしょには暮らせないんだよ。

そもそも、一緒に暮らせるなら売られたりしないんだ」

人魚の姉さんの正論に、冲有の心は小さくしぼんだ。

目を瞑り、髪をギュッと押さえる。冲有は自分の姿が嫌いだった。

（こんな姿じゃなかったら……おっかさんに捨てられなかったかもしれない……）

俯く冲有を、人魚の姉さんは優しく抱きしめた。

「でもね、アタシは天狗が好きだよ。本当に天狗でもかまいやしない。アタシにとっちゃ、天狗が人かどうかなんて関係ないんだ」

人魚の姉さんの言葉は甘い。

つらく苦しいときに、慰めてくれるのは人魚の姉さんだ。

「姉さん……」

「つらいけどさ、頑張ろうね。きっと、いいことあるからさ。仕事があるだけありがたいんだ」

人魚の姉さんは言う。

「うん」

冲有はおとなしく頷いた。

「じゃ、指切りだ」

人魚の姉さんが小指を差し出した。

「指切り？」

「ああ、小指を絡ませ、約束をするんだよ。つらいけど、一緒に耐える約束さ」

人魚の姉さんはそう言うと、冲有の幼い小指に、自らの指を絡ませた。

長く白い指だ。指の根元には水かきがついている。冷たくてしっとりとした指は、いやに艶めかしかった。

「ずっと、一緒だよ。指切り拳万、嘘ついたら針千本飲ます。指切った」

人魚の姉さんはそう軽やかに歌うと、小指を離した。

これが、冲有の初めてした指切りだった。

冲有はこそばゆい気持ちで、小指を包み込む。『ずっと一緒』を誓ってくれる人がいることが、嬉しかった。自分の居場所はここなのだと改めて思う。

見世物小屋の外の世界に夢を見ても、一瞬で現実に引き戻される。

見世物小屋にいても、見世物にならなくなったら捨てられる。

でも、捨てられたら生きていけない。

天狗と呼ばれる姿では、人と一緒には暮らせない。

そう思っていたのだが、冲有は見世物小屋から見放された。

見世物小屋のバケモノは全部偽物だと噂が立って、人が入らない日々が続いたのだ。

ここでは商売にならないと、見世物小屋の主は河岸《かし》を変えることにした。

小屋を移動させる前日に、見世物小屋の主は、憂さを晴らすように冲有を折檻《せっかん》した。

そして、瀕死の冲有を御厩河岸《おんまやがし》に置き去りにしたのだ。

河原に転がったまま起き上がれない冲有の上に、ひとつの影が落ちた。

人魚の姉さんの影だ。

「あの子のせいで、酷い目に遭ったね。天狗が悪いわけじゃないって、アタシが言ってやるよ。そうして、一緒に頼んでやる。もう一度、仲間に入れてくれってさ」

人魚の姉さんの言葉に、冲有の胸は割り切れなかった。

(本当に、これはあの子のせいなのかな。……あの子が悪いとは思えない)

そう思う冲有は、もう生きる気力が失せていた。

「……もういいよ、姉さん。私はもうこのまま死ぬよ」

冲有が言うと、人魚の姉さんは胸を詰まらせるように呟いた。

「馬鹿だよ……天狗は……。指切りだって『死んだらごめん』なんだよ……」

そう言うと、人魚の姉さんは水縹色で染められた鱗文様の手ぬぐいを天狗の頭に巻いた。『死んだらごめん』とは、死ねば約束は反故になるという意味だ。

「そのままそこに転がってたら、また誰かに打たれちまうだろ」

人魚の姉さんはスンと鼻水をすすった。

「せめて、静かに眠れるように。……これはアタシからの餞別《せんべつ》だよ」

「……ありがとう。姉さん。お達者で……」

沖有はそう言うと静かに目を閉じた。

沖有は、このまま死んでしまいたいと思っていた。

そんな沖有を拾ってくれたのが、根古屋道三である。


それから、三年のときがたった。

道三に拾われた沖有は神田豊島町の仕舞屋で過ごしている。

天狗がにせものだと暴いた子ども、誠吾は八丁堀で暮らすようになっていた。

道三に拾われた沖有は、人目を避け日々を生きてきた。

生かしてもらったことすらありがた迷惑だと思っていた。

しかし、誠吾と再会して変わった。

瀕死の誠吾を見て、沖有はなんとか助けたいと思ったのだ。

そして、役に立たない自分をもどかしく思った。

＊

沖有は眠りに落ちた誠吾を見ながら、目元を擦る。

(鼈甲飴か……)

気味が悪いと言われ続けた瞳を、誠吾は旨そうだというのだ。

(変な子だ)

落ちた鱗文様の手ぬぐいに手を伸ばす。人魚の姉さんから貰った物だ。ずっと人々の好奇の目から、冲有を守ってくれたお守りのような物だ。水縹色だった手ぬぐいはすっかりと色あせて、藍白色になってしまっている。もう鱗文様もはっきりとわからない。

知らぬ間に、白猫が手ぬぐいの上に乗っていた。

「どいておくれ」

冲有が声をかけると、猫はふてぶてしくあくびをした。

(「変なモン被ってんじゃねえよ」……か。……被らなくてもいいのかな)

しかし、すぐに人魚の姉さんの言葉を思い出す。

——私たちは人と一緒には暮らせないんだよ——

冲有はため息をつく。

(猫が退《の》くまで待つしかないですね)

そこへ、道三が帰ってきた。

水が垂れた板の間を見て、道三は苦笑いをする。

誠吾の枕元にある桶に、濡れた手ぬぐい。そして団扇。

冲有が見よう見まねで看病をしたのだとわかったからだ。

(自分のためにすら、なにもしなかった冲有が、誰かのためになにかするなんて)

道三は誠吾のおかげで冲有が生きようとしはじめていることを嬉しく思う。

「どうだい、誠さんの様子は」

「……」

冲有は無言で、二階へ行こうと立ち上がりかける。

「もうちょいと、見ていてやれよ」

道三が声をかける。

冲有が戸惑うと、道三が目配せした。

「ほら、おまえが動いたら目が覚める」

冲有はそう言われ、自分の膝を見た。

誠吾の手がそこに乗っている。

冲有は小さくため息をつき頷いた。

道三はそれを見て微笑ましく思う。

「冲有、俺の真似して看病したのかい?」

冲有は小さく頷く。

「よくできている。おまえには医術の才能があるのかもな」

道三の言葉に、冲有は頭を左右に振った。

道三は冲有の頭を鷲掴みにして揺さぶる。

いつもは手ぬぐいで隠されている髪が今日は露わになっていた。

「治してやりたい、そう思う気持ちが医者のはじまりなんだ。おまえにはもうその気持ちが生まれたんだろ」

道三が言っても、冲有はなにも答えなかった。

*

誠吾が道三のもとで暮らして数日たった。

道三は誠吾の事情についてなにも聞かない。傷の観察のときだけ寄ってきて、それ以外はほったらかしだ。

冲有もそうだ。

看病はしてくれるが、それ以上はない。

しかし、猫のようなその距離感が心地よかった。犬飼の家に戻らずに、ここでずっと過ごしたいと思い始めていた。

この日も誠吾は奥の間で猫を撫でながら過ごしていた。

　すると、表の板の間に岡っ引きがやってきた。養父、犬飼信二郎の配下の者である。

　誠吾は顔を見られまいと、布団を被った。

「根古屋先生、最近どうだい？　おかしな怪我人など見ないかい？」

「さぁ？　おかしなというと？」

「最近、子殺しが増えててね。仏はなにかに刺されてよ、みんな川から上がってくる。その川上を調べると、血の跡が残った橋もあった。橋の上で殺して落とすんだろうな。川に流されたら、上がってこない仏もあるだろう。これじゃあ、何人殺されてんだか想像もつかねぇ。ちまたじゃ、河童《かっぱ》が出てるんだと大騒ぎだ！」

　誠吾は布団越しに岡っ引きの言葉を聞いて、ビクリと体を硬直させた。

「河童が刺して、尻子玉《しりこだま》をとるのかね？」

　道三が尋ねると、岡っ引きは力なく笑った。

「だとしたら、近頃の河童は物騒だ。……可哀想にさ、子どもが見つかってない母親が川沿いをずっと歩いてんだよ」

「そいつは気の毒に」

　誠吾はそっと布団の中から耳を澄ます。

「そのおっかさん。昼間は振り売りしながら聞いて回って、夜は川沿いを歩いてんだってよ。すっかりやつれちまってさ、見てらんねぇよ」

「もしかして、正月屋のお美津《みつ》さんかね？」

「ああ。噂になってるかい」

誠吾の心臓がドキンと跳ねた。

神田周辺で正月屋のお美津といったら、誠吾の母のことである。

（おっかさんが、俺を捜してる）

「じつはさ……」

岡っ引きは声を潜めた。

誠吾はジッと息を凝らして、ふたりの会話に耳を澄ます。しかし、詳しい内容までは聞き取れない。

「ってなわけでさ、俺たちも出ずっぱりよ」

しばらくすると、疲れたような笑いとともに岡っ引きはそう言った。

「そうですか。犬飼様が意外ですね」

「ああ。俺もびっくりだ」

「なんか少しでも気がついたら教えておくれよ、先生」

ガタリと立ち上がる音がする。

「はいよ」

道三が応える。

「いつも悪いね、根古屋先生！　また来るぜ！」

岡っ引きが調子のいい声で挨拶して出ていく。

きっと道三が心付けを袂に入れたのだろう。

誠吾は、息を殺したまま布団の中にいた。

（正月屋……おっかさんだ。おっかさんが昼も夜も俺を捜してる……）

誠吾は嬉しくて、胸の中が熱くなる。簡単に捨てられてしまったと思っていた。母にとって自分はたいした存在ではなかったのだと、そう思っていた。しかし、違ったのだ。せり上がった思いが、熱い息となって布団の中に満ちる。

（おっかさん……体は大丈夫か？　無理すんなよ）

恋しくて恋しくて、目玉が熱く溶けそうだ。ズッと鼻水をすする。猫が布団の中に潜り込んできて、誠吾に背中をくっつけた。

誠吾は泣いた。泣いて泣いて泣ききったところで、考えた。

（でもなんで、おっかさんは俺がいなくなったことを知ってるんだ？　まさか、犬飼の父上がおっかさんに会いに行ったのか？　そういえば、犬飼の父上の話も出ていたな。犬飼の父上の話はなんだったんだろう？）

道三と岡っ引きが声を潜めて話していた内容は、きっと犬飼家に関することだろう。

（犬飼の母上と姉上は俺に優しくしてくれたけど、父上はどことなく怖いんだよな。俺がおっかさんとこに帰ったんだと思って、きつく叱ったりしてないよな。まさか、おっかさんにお咎めがあるんじゃあ……！　早く犬飼の父上に申し開きをしなくっちゃいけねぇ！）

誠吾はバサリと布団を撥ね上げた。

若いトラ猫が不満げにニャアと鳴く。急に起き上がろうとして、腹に激痛が走る。クラリと眩暈がした。

「っう！」

呻いたところに道三が振り向いた。

白猫がスルリとやってくる。そうして、誠吾の布団の上に乗った。

「傷口が痛むのかい？」

道三の声に、誠吾はソロソロと顔を上げた。

「……先生。俺、家に帰るよ」

「やっと帰る気になったか」

道三はホッとしたように笑った。

「……俺は……」

誠吾は口ごもる。正月屋の息子と答えるべきか、犬飼家の嫡男と答えるべきか迷ったのだ。

「今はよくないと思います」

階段で様子を窺っていた冲有が、口を出した。小さいがはっきりとした声だ。

珍しく冲有が自ら声を出し、道三は驚いた。

「なんでだ？」

道三が冲有に先を促す。

「この人……、岡っ引きの親分が捜している子……」

「っなんで、わかった」

冲有の声に、誠吾はギクリとする。

道三が誠吾を見た。

「殺したはずの子が生きているとわかったら、また……」

そこまで言って、冲有は口を噤んだ。

「そうかもな」

道三は頷いて、誠吾に告げる。

「傷も治ってないし、もう少しここで養生していきな」

誠吾は不安そうに道三に尋ねた。

「岡っ引きの親分さんはなんて話を？」

「ああ、犬飼の旦那が血眼《ちまなこ》になって息子を捜してるってさ」

「……俺を？　血眼で？」

「ああ、岡っ引きの親分さんも驚いてたぞ。『犬飼の旦那が継子《ままこ》のためにあんな顔をするんだ』ってね」

「嘘だ」

「俺がそんな嘘をついてもしょうがねぇだろう？」

道三は軽く笑ってから、真剣な目を向けた。

「おまえさんが犬飼の旦那の息子ってなら、少し話が変わってくる。ちょっと、やばいことになってんだ」

誠吾はゴクリと唾を飲んだ。

「やばいこと？」

「ああ、正月屋に落文《おとしぶみ》が届いたらしい」

「落文⁉」

「きっと誠さんを捜し回っているのが噂になったからだろうな。子どもを預かってるって。金をよこさなければ、子どもを殺すとね。それでおまえさんのおっかさんは金を払った。でも、子どもは帰ってこない。またまた金を要求される。払いきれなくなって、犬飼の旦那に相談したようで」

「まさか、先生」

誠吾は目をつり上げ、道三を睨む。

「俺じゃねぇよ。金に困っているように見えるかい？」

道三はカラカラと笑う。二階建ての仕舞屋に住む医者だ。自称藪でも羽振りはよかった。

「でも、今、おまえさんがここにいることがわかったら、俺が疑われるだろうな」

道三が言うと、誠吾は恐縮するように頭を下げた。

「ご迷惑をおかけして申し訳ねぇ」

「いまさらなんだ。どうせ傷だって治りきってない。だから下手人が見つかるまで、もう少し、ここにいたらいい」

「でも、おっかさんが」

誠吾は布団をギュッと掴む。

「おっかさんだって、グルだって思われるんじゃ……」

あの日、誠吾は自分で神田に向かったのだ。拐《かどわ》かされたわけではない。

シンとした部屋の中に外から、「お正月屋〜、おしるこ〜」と棒手振りの声が響いてくる。

誠吾の母の声だった。かすれて疲れ果てている声だが、聞き間違えるはずはない。

飛び出して母に伝えたい。無事だと、ここにいるのだと伝えたい。

しかし、膝には猫が乗っている。

道三にも迷惑をかける。

誠吾は動けなかった。

「甘い物でも食べたくなってきたな」

道三はそう誰に言うでもなしに呟くと外へ出た。そうして、三人分の汁粉を買って戻ってきた。

「ほら、食いねぇ」

道三は、湯気の立った汁粉を誠吾と冲有の前にコトンと置いた。

誠吾は汁粉の入った椀を両手で包み込む。温かくズッシリと重い。煮た小豆の中に切り餅が入っていた。一口ずっとすすってみる。小豆の香りが鼻に抜ける。口の中に黒糖の甘みが広がった。

じんわりと体が温まり、ホッとする。知っている味。母の味だ。

「おっかさん、泣いてるかな……」

誠吾は泣きくれる母の姿を想像し、胸が痛くなった。自分がいなくなってから取り乱してずっと捜し続けているのだ。

遺体が上がった親たちはどれほど無念だっただろう。あの男を捕まえなくては、また被害者が出るはずだ。そして、誠吾はその手がかりを持っていた。

「……誠さんは、帰りたいんですか」

いつもは黙ってばかりの冲有が尋ねる。

誠吾も道三も驚いて冲有を見た。

「……ああ」

誠吾が答えると、冲有は誠吾を見てゆっくりと瞬きをした。

冲有が人と目を合わすことは滅多にない。

誠吾も思わず瞬きを返す。

「それなら、早く下手人を見つけなくてはいけません」

「冲有、そう簡単にはいかないだろうよ」

道三が呟いた。

誠吾は箸をギュッと握った。

母に無事を伝えたい。しかし、その前にやるべきことがある。

冲有は、汁粉に手をつけずに、誠吾の様子を眺めていた。

誠吾は一息ついてから口を開いた。

「……先生、俺、男を見たよ」

道三は黙って頷いた。

「浪人ふうの男だった。上背があって、五尺五寸〔約一六五cm〕くらいだった。歯が黄色い。

前歯が一本欠けていた」

誠吾は橋の上でのことを思い返した。大刀を腰に差していたから浪人だと思った。袂に手を入れて急いでいる様子だったから、疑わなかったのだ。

体がブルブルと震え出す。今になって怖くなる。

大刀を持っていたのに、それでは誠吾を斬らなかった。

「橋の上ですれ違いざま刺されたんだ。俺はとっさに短刀を掴んだ。おとっさんが昔言ってた。刺されたら抜いちゃいけねぇって」

誠吾に喧嘩を教えたのは、戯作者の父だった。市井で生きていくための身の守り方は、父が残してくれたものだ。

「いいおとっさんだ。刃を抜かれていたらその場で死んでたな」

誠吾は少し嬉しくなる。

誠吾の父は女房の稼ぎで食っている、と神田で職人たちにからかわれていたからだ。できた女房とうだつの上がらない亭主、それが誠吾の両親に対する周りの評価だった。

(でも、おとっさんを褒めてくれる人もいるんだな)

誠吾の胸は温まる。

「しかし、それだけじゃなぁ……」

道三は唸った。

江戸には浪人がたくさんいるのだ。見つけることは容易ではない。

「でも、ここに短刀があります。下手人をあぶり出すことはできませんか？」

冲有が尋ねると、道三が冲有を見た。

「冲有、なにかいい案があるのかい？」

道三に問われ、冲有は頷いた。

見世物小屋にいたころは、怪しげな香具師《やし》たちが出入りしていて、悪事について自慢をした。

そんななかで育った冲有は、悪事について詳しくなっていたのだ。

獲物を探すにはどうするのか、語った男もいた。その方法を使えば人捜しにも応用できる。

「岡っ引きの親分さんに、殺しがあった場所と日付を聞いてください。あと、地図があったらありがたいのですが」

冲有が言うと、道三は頷いて外へ出て行った。

誠吾と冲有、ふたりが取り残された。

冲有は気まずそうに、汁粉に手を伸ばす。

「もう冷めちまったんじゃねぇの」

誠吾が尋ねる。

冲有はギクリと体をこわばらせた。

冲有は人が苦手だ。恐る恐る誠吾を見る。

誠吾はニコニコと笑って、冲有の言葉を待っていた。

冲有は絞り出すように答えた。

「……私は猫舌なんです。餅はなかなか冷めないんで、これくらいがちょうどいいです」

そう、冷め切った汁粉を旨そうに食べた。

誠吾は笑った。

「冲さん。旨いだろ」

誠吾に呼びかけられて、冲有は困った。

冲有の名を呼ぶ者は、道三しかいない。

ましてや、馴れ馴れしく冲さんなどと呼ばれたことはない。

「はい、誠様」

冲有はかしこまって返事をする。武家の子どもと知れたのだ。恐れ多いと思ったのだろう。

「様なんてやめてくれ、ここでは誠でいたいんだ」

誠吾が苦笑いする。

「さっきの話を聞いて、冲さんにもわかったろ。俺の実の親は、長屋の正月屋だ。お武家様なんて柄じゃねぇ」

誠吾が鼻を擦って、冲有は初めて出会った日を思い出す。

「見世物小屋で暴れるような悪童ですもんね」

冲有が小さく笑うと、誠吾はびっくりしたように瞬きした。

「なんでぇ、冲さんも笑えるんだな」

そう言われて、冲有はハッとする。

「笑う？　私が？」

「おう、今笑ってた。ほら、もう一回、笑ってみせろよ」

誠吾が無理を言って冲有は困ってしまう。

「そんなこと言われても」

「だって、そっちのほうが断然いいぜ。おまえ、見てくれがいいんだからさ、ニコーッてしてろよ」

「笑い方がわからないです」

困り果てる冲有に、誠吾がにじり寄る。

そして、こちょこちょと脇をくすぐった。

「や、やめて、ください」

「笑えねぇなら笑わせるまで！」

誠吾はそう言って、手を止めない。

冲有は困惑しつつ、身をよじる。こんなふうに他人と触れあったことがなかったからだ。どうしたらいいのかわからない。

やめてと言ってもやめない誠吾に、冲有はだんだん腹が立ってきた。

「いいかげんにしなさい！　しつこい！」

思わず声を荒らげると、誠吾はピタリと手を止めた。

冲有はハッとする。

（怒られる、殴られる）

そう思って体が凍りつく。

見世物小屋にいたときは、口答えしようものなら殴られたからだ。

しかし、誠吾はニカリと笑った。

「ウジウジしてるより、そっちのほうがいいぜ」

誠吾が言う。

「これでいい……？」

「ああ、俺たちは友だからな。喧嘩上等ってもんよ」

誠吾はそう言って袖をまくって力こぶを見せた。

「友……」

冲有は戸惑った。友などと言われたのは初めてだったからだ。

(私のようなバケモノが友だなんて思ってもいいんでしょうか?)

どう考えても思い上がりのように思える。困り果てて誠吾を見る。

「いまさら違うだなんて淋しいこと言ってくれるなよ」

誠吾は不安そうな目で、冲有を窺い見た。

「なぁ、冲さん」

すがるような声で、誠吾が冲有を呼ぶ。

その様子が捨て犬のようで、突き放すことなどできない。

「……誠……さん……」

冲有は小さく誠吾の名を呼んだ。

友と呼ばれた嬉しさと、本当に友になれるのかという不安。ない交ぜになった声が唇を震わす。

誠吾は、それはそれは嬉しそうに笑った。

「冲さん!」

そうして、冲有と肩を組む。

犬が尻尾を振っているような喜びように、冲有の肩からホッと力が抜ける。

(本音を言ってもいいんだ)

そう思ったら気が楽になった。

「なぁ、全部に片が付いたらさ、神田の町を案内してやるよ」

「まるで、自分の町のように言うんですね」

沖有が笑えば、誠吾も笑う。

「おうよ。約束だぜ」

「……約束……」

「ああ、指切りだ」

誠吾はそう言うと小指を突き出した。

「指切り」

沖有はオズオズと小指を絡める。

人魚の姉さんの指と違って、乾いて温かい指だった。短く太い、健康的な悪ガキの指だ。

「ほれ、指切った‼」

誠吾の指切りは歌などない簡単なものだった。

激しく指を振り、パッと指を切る。江戸っ子らしい気持ちのよさだ。

沖有は離された指をマジマジと眺めた。摩擦のせいで指が熱い。

しかし、その熱が沖有を温める。

「忘れんなよ」

誠吾はそう言って、さらに力強く肩を抱いた。


地図を前にして、道三と誠吾、冲有が座っている。

「ここと、ここ、そんで、ここ、日付は……」

道三が死体の上がった場所や、血痕が残っていた場所を指さしていった。

冲有はそれらを地図の上に書きこんでいく。

「それで誠さんはどこで刺されたんだ？」

道三に問われ、誠吾は地図を指さした。

冲有はそこに×印を描く。神田と日本橋を繫ぐ橋のひとつ竜閑橋だ。

「……誠さんが一番初めに刺されたのかもしれませんね」

冲有はボソリと呟いた。

そして、短刀を持ってマジマジと観察する。

そりは浅く、刀身は八寸〔約二四cm〕ほどだ。柄は黒地で、緑色の光が飛んでいる。そこに鱗文様が施され、人魚の目貫《めぬき》がついていた。特徴的な短刀だ。杉の木のように尖った刃文が、三本ずつ連なっている。

「美しい美濃伝《みのでん》だな。よく切れるんだろう。おかげで傷が綺麗だった」

道三が言う。

誠吾は思わず腹を押さえた。

「上手くいって、味をしめてしまったのでしょうか……」

沖有の小さな呟きが誠吾の背筋を撫で、そこから肌が粟立った。

沖有は地図上の×印に串を刺し、糸で筆を結びつけ、グルリと円を描く。いくつもの円が地図に浮かび上がる。すると円が重なる地点が現れた。

しかし、誠吾の×と円は重ならない。

「誠さんは例外として……きっと、このあたり……ですかね」

指さしたのは神田佐久間町だった。近くには町道場がある。浪人がうろついていてもおかしくはない場所だった。

誠吾は目を見張った。

「どうして……?」

「人の行動範囲など限られています。行きずりの殺しなら、自分の住まいの近くではしないそうです。知り合いに見られたら困りますから。かといって、まったく知らない場所では難しい。逃げ道がわかりませんから。……と香具師が言っていたので……逆に考えてみました」

熱中することがあると沖有は多弁になるらしい。遠慮がちだった視線も、強いものになり、堂々と意見を言う。

冲有は説明を終えると定規を置いた。

町道場から誠吾が刺された竜閑橋を通ってその先は、武家屋敷が多い。

「馴染みのある橋。最初は帰り道……だったのかも」

「なぁ、冲有。これで次の殺しはいつかわからねぇかな？」

誠吾の問いに、冲有は考えこんだ。

「では、殺しがあった日の同じ点を探してみましょうか」

「同じ……ねぇ」

誠吾は考える。

誠吾が刺されてから次の死体が上がるまで指折り数えてみる。だいたい七日から八日周期だ。

「おや、先負か仏滅に仏が上がることが多いんだな」

道三の言葉に誠吾は顔を上げた。

「俺が刺された日は、友引だ。川に流された仏が見つかるのに時間差があるなら、次の殺しは友引じゃないか？」

誠吾はひらめいた。

冲有に促されると、いろいろな線の繋がりが見えてくる。罪の残骸を繋ぎ合わせ、なにかが現れそうになってくる。

(これが犬飼の父上の仕事か。……もっと知ってみてぇ)

誠吾の瞳は煌めいた。正月屋になるのだと疑わなかった自分にとって、与力は分不相応で重い仕事だと思っていた。

しかし、こうやって下手人を捜し出すことができるのなら、そして誰かを助けられるなら、とてもやりがいがある。

道三はそんな誠吾を見て満足げに頷く。

「じゃあ、おまえらが目星を付けた場所、岡っ引きの親分さんに伝えておこう」

道三はそう請け負うと、地図をクルクルと丸めた。

*

吟味部屋では浪人が縄に縛られていた。

誠吾の母、お美津も吟味部屋に呼ばれていた。肩身が狭そうに縮こまっている。

与力、犬飼信二郎は無表情で浪人を見ている。

根古屋道三という医者からのたれ込みをもとに、捜していた下手人をようやく捕らえることができたのだ。

とある友引の黄昏時、橋のたもとで子どもに近づこうとする浪人を岡っ引きが捕らえた。

浪人の懐には美濃刀が隠されていた。調べてみれば、お美津から脅し取った金の包みが家に残されているではないか。

誠吾を拐かした罪、子ども殺しの罪で浪人は吟味を受けていた。

「橋の上で子どもを殺そうとしていただろう？」

同心のひとりが尋ねる。

浪人は欠けた前歯を見せて笑った。

「証拠がどこにある」

「懐の短刀を触っていただろう」

「触っていただけだ」

浪人はあくまで認めない。同心はため息をついた。たしかに子殺しの物的な証拠はないのだ。

同心は与力、犬飼信二郎を見た。信二郎は小さく頷く。

「では、問いを変えよう。……誠吾をどこへやった」

信二郎は淡々と浪人に問いかけた。

浪人はニヤニヤと笑った。隙間だらけの黄色い歯が、乾いた口元からいやらしく覗く。

「知らん。俺はただ、正月屋の息子が行方知らずと聞いて、金を騙し取ってやろうと思っただけだ。誠吾とやらは知らん」

「騙したんだね！　誠吾を返すって言ったじゃないか！」

お美津が声をあげる。

「なんの証拠もないのにホイホイ金を渡すとは思わなかった。それでは、俺でなくとも誰かに騙されたはずだ。いい勉強になったな」

浪人は飄々と答えた。

「じゃあ、誠吾は……」

「さぁ、知らん。可哀想だが、もう死んでるさ。これだけ捜して見つからんのだ。お堀で魚にでも食われてるだろうよ」

浪人の無慈悲な言葉に、お美津は絶望し、床の上に突っ伏した。

「では、おまえは誠吾を見たこともないと言うんだな」

浪人は無言で頷いた。子の名前を呼ぶ女のすすり泣きが吟味部屋に満ちる。

重苦しい空気の中、岡っ引きたちが、戸板に筵がかけられたものを運び込んできた。死体のようだ。

浪人は怪訝な顔でそれを見る。

信二郎が浪人に声をかけた。

「近くで見てみよ」

同心が浪人を引っ立て、戸板の近くに座らせる。そして、筵をめくり上げた。

「っ！　なんでこやつが⁉」

浪人は声をあげて、戦いた。

そこには、青白い顔をした少年が転がっていた。

あの夕方、魔が差した竜閑橋の上、初めて刺した少年だ。もうとっくにお堀に沈み、朽ち果てたと思っていたのだ。

それがあの日と変わらぬ姿でここにいる。

浪人はゾッとした。あり得ないではないか。死体なら腐っている。人ではない。だとしたら。

浪人は尻をずらして、さがる。逃げようとして、同心に押さえつけられる。

「見覚えがあるようだな」

信二郎の声は低かった。

お美津は、胸を押さえてその場に倒れ込んだ。生きていると信じて、捜し続けた息子の姿だったからである。驚きのあまり声も出ない。

「いや、知らぬ。ただ、驚いただけだ……」

それでも浪人は言い逃れた。

すると、少年の目がカッと開いた。少年はむくりと起き上がると、鞘のない短刀を両手で握り、光る刃を浪人に向けた。

「っ！　ひ、バケモノかっ！　成仏しろ‼」

浪人が叫ぶ。

「この子が死んでいると、お主は思ったのだな？」

信二郎は言った。

その言葉に、浪人はハッとした。

少年は短刀を持って前へ出た。そして、黒い柄に人魚の目貫がついた短刀を板の間に置いた。

「これが証拠でございます」

「して、お主《ぬし》の名は」

養父に問われて、誠吾は息を大きく吸った。腹の底から声を出す。

「犬飼誠吾にございます。あの男にこの短刀で腹を刺され、今まで町医者のもとで養生しておりました」

「こいつの家にこんなものがありました」

続いて、同心が声を張り上げる。

誠吾は鱗文様の手ぬぐいを開いた。浪人の長屋で、手ぬぐいにくるまれ、しまわれていたものをそのまま持ってきたのだ。

手ぬぐいの中には、証拠に出した短刀と同じ、黒地に緑色の光の飛んだ鞘が入っていた。クジャク石を散りばめたものに、鱗文様の蒔絵が施されている。

信二郎が短刀を持ち、鞘に納める。黒光りする鞘の中に、光る刃が飲み込まれた。縁と鯉口《こいくち》が引き合うように吸い付く。鱗文様もピッタリと合致する。

「これはおまえのものだな」

浪人はガクリとうなだれた。もう言い逃れすることはできない。

「……ああ……」

浪人は小さく呟いた。

それは、昔、仕えていた主人の形見だった。それを知らないと言い張ることはできなかったのだ。

「お主が犬飼誠吾を刺した、間違いないか」

「間違いない」

浪人は観念したように答えた。

「犬飼信二郎の嫡男と知っての狼藉《ろうぜき》か？　それとも別の理由があるのか。申してみよ」

信二郎に詰問され浪人はオズオズと顔を上げると誠吾を見た。

「……似ていたのだ」

「似ていた？　人違いということか？」

浪人は緩く頭を振った。

「人違い？　……人違いじゃない。……あのときはあの子どもだった」

浪人は訥々《とつとつ》と話しだした。

「俺は国を離れ江戸で新しい主人を探していた。しかし、上手くいかぬことが続き、あの日もそんな帰り道だった」

信二郎は先を促すように頷いた。

「俺の主人は、そこの子と同じ年頃の子に、その短刀で刺し殺された。俺の見ている目の前でだ。俺は短刀を抜き、医者を呼んだ。だが間に合わなかった」

浪人はグッと唇を噛んだ。

「異母兄弟による跡目争いだ。連座を恐れた家人は、内々で収めた。主人を助けられなかった俺は任を解かれ、浪人となった。納得はできなかった。許せなかった」

「任を解かれたことがか？」

浪人はバッと顔を上げて信二郎を睨みつけた。

「違う！　子どもの命が奪われたにもかかわらず、罪が隠されてしまったことだ。罪人が許されて、安穏として生きていることも！　いつか主の恨みを晴らそうと、主人を殺した短刀を形見として持ち歩いてきた」

そう言って、一息つくと誠吾を見た。

「そしてあの日、あの橋で……」

浪人は目を伏せた。

「あの日のあの橋を渡ってきたのは間違いなくあの子どもだった。背格好から着物の色まで同じだった。懐の短刀が疼いた。今が敵《かたき》をとるときだ、そう思った」

浪人はゆっくりと目を上げた。恍惚とした色が瞳に宿っている。

「気持ちがいいほどの切れ味だった。手のひらが思い出した。主人の腹から剣を引き抜いた瞬間を。なんとも言えない感触に体中が震えた。その瞬間、こやつに腕を掴まれて我に返った。見てみれば別人だ。思わず押しのけたら、堀へ落ちた」

浪人が口元だけで笑う。欠けた黄色い歯が不気味だった。捕縛されながらも、指がわさわさと蠢いている。

「それでも二、三日は怖かった。いつか見つかるのではないかとな。しかし、死体も上がらない。追っ手もかからない。思い返せば、主人の月命日だった。それで俺はやっぱりあれは敵討ちだと思った。神が許したのだとな」

「ほかの子らもおまえが殺したんだろう。なぜだ？」

信二郎が問う。

浪人は穏やかに微笑んだ。

「俺の主人の命が、恨みが、たったひとり分の命で贖《あがな》えるはずがないではないか。だから、殺した。賽《さい》の河原で石を積むのもひとりでは淋しいだろうと、友を作ってやったのだ。同じようにすれば許されると知っていたからな。だが違った。短刀の切れ味が違うのだ。それで、何度も短刀を替えて試した。でも駄目だった。毎日、毎日、あの短刀を探した。でも見つからない。あんなに心地よく刺せたのは最初のひとりだけだった……。今思えばあの短刀に貫かれた主人は幸せ者だった……」

浪人はホウとため息をついて、焦がれるように黒い短刀を見た。クジャク石が緑色に怪しく光っている。まるで漆黒の川面《かわも》に映る月明かりのようだ。

「てめぇ、ただ人を斬りたかっただけじゃねぇか」

同心のひとりが吐き捨てた。

浪人はうつろな目で笑い、誠吾を見た。

「みんな死んだ。それなのに、おまえはなぜ生きている？　なぜ、俺の主人は死ななければならなかったのだ」

周囲が誠吾に注目する。

信二郎が誠吾に答えを促した。

ゴクリ、誠吾は唾を飲んだ。

「……落ちた水が冷たくて、短刀が抜かれてなかったからだろうって、……先生が言ってたよ」

浪人は息を止め誠吾を見つめてから、静かに板の間に視線を落とした。

「……短刀を抜いたから……？　俺が、主人の……」

欠けた歯のあいだから空気が漏れる。

「お武家さんてのは、人殺しの技はあっても、守り方は習わないのか？」

誠吾は不思議そうな目で浪人を見た。他意のない真っ直ぐな目だ。

その言葉に信二郎は苦々しく笑った。自分の刀は人を守る刀になっているだろうか、そう思ったのだ。町人として生きてきた誠吾に、痛いところをつかれてしまった。

浪人は、深く、長く、息を吐いた。

「俺が殺したのか……」

ギリギリと奥歯を噛む音が聞こえた。

「俺が……、……様を……」

主人の名前は聞き取れなかった。浪人は慟哭した。

我を失う浪人を横目に、お美津が子の名を呼んだ。

「……誠吾……」

誠吾は母のもとへ駆け寄った。お美津は誠吾の顔を見て、ゆっくりと頬を撫でる。母の顔は涙でグシャグシャに崩れていた。

「おっかさん……」

「誠吾、誠吾」

母は子をかき抱く。子も母をギュッと抱きしめ返した。

「こんなことになるんなら、おまえを八丁堀にやるんじゃなかった……」

お美津は泣いた。

「おまえはお武家様になったほうがいいって、あたしは信じて手放したのに」

お美津は厳しい目線で信二郎を睨みあげた。

「誠吾は連れて帰ります。こんな恐ろしいことになるんなら、貧乏でも正月屋のほうがいい！」

信二郎は心底申し訳なさそうな顔をして、頭を下げた。

「すまねぇ。本当にすまなかった」

「子どもに死体のふりさせる親がいるかい‼」

相手は武家だというのに、お美津の怒りは収まらない。

誠吾は慌てた。

「違うよ、おっかさん。俺が自分でこうしたいって頼んだんだ！」

誠吾の声に吟味部屋の視線が集まる。

「なんだって、こんな……」

お美津は信じられないといった顔で、息子をマジマジと見た。

「江戸の町に子殺しがいるなんて嫌じゃねえか。絶対に逃しちゃならねぇと思った。俺ならその手伝いができる、そう思ったんだ」

お美津は力強く誠吾を抱きしめた。その肩に、自分の目元を押しつける。誠吾の肩は涙で熱く濡れた。

「……心配したんだよ……」

「ごめん、おっかさん。ごめんよ」

無言で嗚咽《おえつ》を漏らす母の背を誠吾は撫でた。ゆっくりと、ゆっくりと撫でる。粗末な着物にしみついた黒糖の香りが懐かしい。

(おっかさん、こんなに小さかったんだ)

養子に出されて一年のあいだに、誠吾は母の背を追い抜いていた。

小さく薄くなった母。子どものころは、強い母だと思っていた。うだつの上がらない父を支え、家を切り盛りし、泣き言を言ったこともない。そんな母が泣いている。母に心配をかけているのは知っていた。本当なら、すぐさま自分の無事を伝えたかった。

でも、誠吾にはやることがあった。母の気持ちを後回しにしてでも、殺人鬼を捕らえなければならない。殺人鬼の顔を知っているのは誠吾だけだったからだ。

「おっかさん、ごめん。でも、俺、これ以上お江戸で子どもが殺されるのは嫌だったんだよ。おっかさんみたいに泣く親を、増やしたくなかったんだよ」

誠吾の言葉に、お美津はそろそろと顔を上げた。しみじみと息子の顔を見る。そして、ゆっくりと微笑んだ。涙が滂沱《ぼうだ》となって荒れた頬を流れていく。

「……おまえが人様のことを考えるなんてねぇ。立派になったもんだよ。これも、犬飼様のおかげかね」

お美津は息子の胸を押し、ツーと離れた。

そして手ぬぐいで顔を拭くと、襟を正す。きちんと正座に座り直して、犬飼信二郎に向き合った。

三つ指をついて、深々とお辞儀をする。

「どうぞ、どうぞ、誠吾をよろしくお願いいたします」

信二郎は苦い顔をした。

「……いや、危ない目に遭わせてすまなかったな」

誠吾の母は笑う。

「いいえ、どうせ、その子が言いつけを破って勝手に出て行ったんでしょうよ。遊び仲間のあいだでは負けなしだったから、粋がっちまって」

お美津はチラリと誠吾を見た。母はなにもかもお見通しなのだ。

誠吾は恐縮して首を掻く。

「でも、あんまり怒らないでやってください。あの日はあの子の父親の命日だったんです」

母の言葉に、信二郎は頷いた。

「ああ、知っていた。兄に似て優しい子だ。それで、あんたに似て聡い子だ」

犬飼信二郎もわかっていた。だからこそ、この日くらいは誠吾の願いを叶えてやりたい、そう思ったのだ。

「っ！　なんでぇ、知ってたのかよ」

誠吾は腕で目を覆った。

自分で抜け出したと思っていた八丁堀。しかし、実際は見逃されていただけだったのだ。それほど気にかけられていた。

気恥ずかしくて、それでいて嬉しかった。袖に涙がしみる。

お美津は誠吾を小突き、信二郎は笑った。

＊

「おーい、先生！　道三先生！」

誠吾は日本橋の和菓子屋で花びら餅を買い、根古屋道三の家に来ていた。

「よく来たな」

道三はそう笑って、誠吾を招き入れた。

奥の部屋では冲有が奇妙な道具をいじっている。若いトラ猫と黒い子猫が邪魔するように纏わり付いている。

冲有はもう髪を隠していなかった。

「冲さん!」

誠吾が声をかけると、冲有はまぶしそうに顔を上げた。

「……誠さん」

すると、誠吾の後ろから声が響いた。

「世話になったようだな」

誠吾の養父、犬飼信二郎である。今日は世話になった詫びと礼を、与力自ら伝えに来たのだ。

甘い物が好きだという冲有のために、和菓子を添えることを提案したのは誠吾だった。

「ええ、そりゃたっぷり」

道三は口の端を上げた。

それを見て、信二郎は小さく笑う。

道三はふたりを板の間へ上がるように促して、茶を淹れてくれた。

トラ猫がやってきて、当然のように誠吾のあぐらの中に陣取った。

信二郎は大小の刀をそばに置いて座った。

膝の中の猫を撫でて喜ぶ誠吾を見て、養子の新しい一面を知る。

「……おめぇは猫が好きなのかい」

信二郎は誠吾に尋ねる。

「はい」

誠吾はかしこまって答えた。

町人だった誠吾から見れば、与力相手の会話はまだ緊張する。武家の話し方にもいまだ慣れずに、ギクシャクとした口調になってしまう。

信二郎は少し淋しげに微笑んだ。

「そうかい。うちでも猫を飼ってやろうか」

信二郎の言葉に、誠吾は目をしばたたかせた。

「……少しは気が紛れるだろう」

誠吾は、養父は養父なりに養子を心配しているのだと気がついた。

（犬飼の父上はとっつきにくいが、優しい人だ）

誠吾は思い笑う。

「いいえ。大丈夫です。俺、ここの猫が好きなんで」

「そうか。じゃあ、ここでぞんぶんに撫でさせてもらえ」

信二郎が言って、誠吾は大きく頷いた。

トラ猫は膝の中でゴロゴロと喉を鳴らし、もっと撫でろと誠吾に額をなすりつける。

冲有が無表情で手土産の花びら餅を配る。

「髪、もう隠してないんだな」

誠吾に問われ、冲有はツンと答えた。

「誠さんが『変なモン被ってんじゃねえよ』って言ったんでしょうが」

「へぇ？　俺のために被るのをやめてくれたってのかい？　嬉しいね」

誠吾に言われ、冲有はムッとして黙る。

ふたりは、浪人を突き止める過程で、ずっと気さくな仲になっていた。人見知りの冲有も、誠吾には憎まれ口を叩く。

そちらの性格のほうが本来のような気がして、誠吾は笑った。理由はわからないが、心がホッと温かくなる。

道三と信二郎も、若々しいふたりの友情に微笑みを隠せない。

冲有が茶菓子を配り終えたところで、信二郎は事の次第を道三に説明した。

「どうやら、あの浪人の主人がね、跡目争いで異母兄弟に殺されたらしい。その殺したほうが、誠吾と年のころが同じらしくてね。敵討ちのつもりだったという言い分さ」

信二郎は、グイと茶を飲む。

「なんで、ほかの子まで殺したんです？」

「主人を弔うのに、ひとつの命で足りるはずがないからたくさん殺したって言ってたよ。ひとりじゃ淋しいだろうって」

誠吾が答える。

「でも、俺にはそんなの言い訳で、ただ人を殺したかったみたいに思えました」

誠吾は、心底気味が悪そうな顔をして、理解できないとでも言いたげに手を振った。

「だって、感触が違うって短刀を毎回替えてた。あんなの試し斬りだ。ご丁寧に毎回捨てて、証拠も家には残ってなかった。本当に信じられねぇ。最低な野郎だ」

誠吾は憤慨する。

「しかも、そいつの主人が死んだってのは十五年も前の話だって言うじゃねえか！　殺した相手だってもう三十路《みそじ》近い。殺すなら子どもじゃねぇだろうよ。いろいろ言い訳並べやがって、絶対殺しやすい子どもを狙ったに違いねぇ。あんなヤツ、普通に殺すんじゃ殺しきれねぇよっ！」

興奮のあまり荒っぽい口調になる。

冲有はそんな誠吾を見て静かに答えた。

「でもね、人は人を傷付けるのが好きなんですよ」

「そんなことねぇよ！」

誠吾は言い返す。膝の上の猫が大きくあくびをかいた。

しかし、沖有は身をもって知っていた。

見世物小屋で杖を握ったら、最初こそ遠慮がちにつついていても、最後はしたたかに打つようになる。

それは、老いも若きも男も女も関係なかった。

「殴り出すと止め時がわからなくなったりしませんか？　人を傷付けるとね、きっと、心が高ぶって気持ちよくなるんだ。だからどんどん酷くなって、歯止めがきかなくなるんです」

火事と喧嘩は江戸の花といわれるほど、江戸の町では喧嘩が多い。なかにはやりすぎて死人が出る喧嘩もあった。

「刃傷沙汰《にんじょうざた》だけじゃないんです。悪口も一緒です。そのうち人を傷付けていい理由を探すようになるんです。あの浪人のようにね」

沖有は言い切ると、熱そうに茶をすすり、花びら餅を口に運んだ。

誠吾は言葉を失った。先ほど悪態をついていた自分を思い返す。ゾッとした。

「……俺……」

「ああ、誠さんは実際に刺されてるんですからね。悪口なんて可愛いもんです。あの浪人を刺したってかまわないと思いますよ」

沖有は悪い顔で誠吾を見た。

「でも、悪口が癖になんのは怖えよ」

誠吾が気まずそうに笑う。

「たしかにな。喧嘩も引き際が難しい」

信二郎が頷く。そして、板の間に置かれた刀にそっと触れた。

「特に俺たちは気をつけなくちゃならねぇ。傷付ける刀ではなく、守る刀であることが肝心だ」

そう言って信二郎は誠吾を見た。

黒く真摯な瞳は、誠吾とよく似ている。

「今回、誠吾に教えられたよ。ありがとうな」

信二郎に改まって礼を言われ、誠吾は気まずそうに鼻先を掻いた。誤魔化すように花びら餅を食う。ゴボウの堅さと、餅の軟らかさ。違う食感が口の中で混じり合い面白い。まるで骨と肉のようだ。

「さて、傷の具合はどうだい？」

道三に問われて、誠吾は話題が変わりこれ幸いと襟をガッツリと開いた。もう傷口は塞がっている。

道三は誠吾の肌に触れてたしかめ、少し難しそうな顔をした。

「どうした、先生。悪いのかい？」

信二郎に問われて、道三は曖昧に微笑んだ。

「見た目はよくなっていますがね、中身がまだのようでして。毎月一度、薬を飲んでもらわなくてはいけません」

「そうか。では、使いを毎月ここへやろう」

信二郎の申し出に道三は首を振った。

「いえ、俺のほうから薬を届けさせますんで、許しをください。なんというか、お武家様の遣いがね、毎月来るかと思うと面倒というか、商売あがったりなんで」

道三は歯に衣着せずに言った。

信二郎は思わず苦笑いだ。

道三のような町医者のところには訳ありの患者も多いのだろう。事実、死にかけていた誠吾を匿っていたのは、道三である。捜されていると知りながら、申し出ずに隠していた。

しかし、そのおかげで事件が解決したのだから、咎めることもできない。

「わかった」

信二郎は頷いた。

誠吾は怒らない信二郎を見て、ほっと一安心だ。そうして、着物を直して茶をすすった。

＊

みぞれが降っている。犬飼家の庭木が寒さに身を震わせているようだ。

「そろそろ雪になりそうだ」

誠吾は呟いて、脇腹をそっと撫でた。傷はかなりよくなったが、今日はいつもより痛みが強い気がしていた。

師走の曇天を見上げる。今日は父の月命日だ。橋での事件から二ヶ月経っていた。

雨が降ると事件を思い出す。事件を思い出すと傷が疼く。神田での日々が恋しくなる。

誠吾は脇腹をさすりながら、深呼吸で紛らわせてため息をついた。

もう夕餉に近い時間である。

今日は、月一で飲まねばならぬという道三の薬が、初めて届けられる日だ。誠吾は飲み方を聞くために、客間に来たところだった。

（根古屋先生が来てるのかな？　もしかしたら冲さんも……）

そわそわとして障子を開けた誠吾は戸惑った。そこにいたのは生みの母、お美津だったからである。心臓が止りそうなほどに驚く。

しかも、信二郎の妻であり、誠吾の養母であるお喜代《きよ》が相手をしていた。夕餉の膳まで用意してある。

「おっか……」

言いかけて口を噤む。お喜代に気をつかったのだ。

「誠吾さんの『おっかさん』ですよ」

そう言ったのはお喜代である。

誠吾の顔はクシャリとひしゃげた。

母に対する、懐かしさと、恋しさと、嬉しさと、養母に対するありがたさと申し訳なさがない交ぜになって、瞳の奥から熱いものがせり上がってくる。

慌てて拳で目を擦って、お美津の前に膝をついた。

「……おっかさん。……なんで……」

「根古屋先生から薬を預かってきたんだよ」

そう言って手渡されたのは、紙に包まれた丸薬のようなものだった。そして、お美津は自分の作った汁粉もオズオズと差し出した。振り売りのときとは違う小さな桶に入っているのは、誠吾のためだけに持ってきたからだろう。

「あの、これは……」

「はい。根古屋先生から伺っておりますよ。このお薬には、飲み合わせで汁粉が必要なんだとか」

誠吾は目を丸くした。

「母上、どういうことですか？」

「根古屋先生はお薬の使い方について、文もつけてくださったのですよ」

そう言ってお喜代は文を広げた。

食べ慣れたお美津の汁粉が、誠吾の体を癒やす薬になること。丸薬は食事のあとに飲むようにと書き付けられている。

「それで、私がついでに薬も届けたんです」

お美津が遠慮がちに答えた。

「それでは、お美津さん、誠吾さんにしっかり薬を飲ませてくださいな」

お喜代はそう言うと、部屋から出ていった。

「……いいお人だね」

お美津が言えば、誠吾は頷く。

「犬飼の父上も母上もよくしてくれるよ」

「うん、うん、よかったよ……」

お美津はズッと鼻水をすすった。そしてお美津の隣に用意された座布団をポンポンと叩いた。

「ほら、ここに座って、しっかり食べな」

お美津は持ってきた汁粉を、誠吾の椀によそった。

誠吾は座布団に座ると、無言で両手を合わせた。

お美津も手を合わせる。

誠吾は懐かしく思う。犬飼家では食事を前に手を合わせる習慣がない。そんな些細な仕草にも、武家と町人との差を感じてしまうのだ。

長屋暮らしに比べ、品数の多い夕餉。おかわりを遠慮する必要もない。明日の仕事を憂う必要もない。怪我をしたらゆっくり休め、寝間も自分ひとりで使うことができる。

しかし、長屋にいたときと違い、誠吾には仕事がなかった。学ぶことが肝要と、日々、学問や武術を習って暮らしている。誠吾にすれば、金だけ使い役にも立たない己が恥ずかしく、肩身が狭いのだ。

誠吾は母の汁粉に手を伸ばした。いつもより多めに餅が入っている。柔らかく煮えた餅を掴み、口へ運ぶ。

「……うまい」

誠吾がボソリと呟いて、お美津が笑った。

「そりゃ、よかったよ」

「魚、食ってけよ」

誠吾がお美津に勧める。町人にとって魚はそんなに頻繁に食べられるものではない。

「いいもん食わせてもらってさ。おまえ、幸せもんだね」

お美津は涙声で笑った。

誠吾はそんな母を見て胸がいっぱいになる。八丁堀では漏らせない本音が口をついて出た。

「でもさ、おっかさん、俺はここにいていいのか、いっつも心がソワソワする。ここには、俺の仕事がねぇから。ただ飯食いで役立たずだ。申し訳なくっていけねぇ」

母はそんな息子を見て笑った。

「ばかだねぇ、そんなこと気にしなくたっていいんだよ。おまえのおとっさんだって、ちっとも役になんか立たなかったよ」

お美津に言われて、誠吾は苦笑いした。

「でもね、そばにいてほしかったんだよ。それだけであたしは幸せだったよ。おまえもそうだろ？」

「……うん」

「いきなりお武家様にはなれやしないよ。おまえのおとっさんだって嫌で逃げ出したんだから。でもさ、あたしは嬉しかったよ」

「なにが？」

「吟味部屋でのおまえ、覚悟決まってたじゃないか」

「なんの？」

「与力になる覚悟だよ」

お美津が笑いながら指摘し、誠吾はハッとした。

「先のことなんかちっとも考えないで、正月屋になるってうそぶいていたおまえが『お江戸の子どものために』なんて言い出してさ。ああ、大人になったもんだと、嬉しかったよ。長屋で暮らしたおまえが与力になったらさ、あたしらも少し暮らしやすくなるかもしれないじゃないか」

「おっかさん」

誠吾は気恥ずかしい思いで母を見た。

「でもね……いやんなったらいつでも逃げておいで。おまえのおとっさんみたいにさ。おまえはどこにいたっておまえなんだから。あたしとあのひとの誠吾なんだから」

誠吾は無言で頷いて、飯をかき込んだ。照れくさく、嬉しかった。逃げてもいいのだと、逃げる場所があるのだと、そのことが心強かった。

お美津はゆっくりと箸を伸ばす。

久々に息子と食べる夕餉は、なによりも尊くて大切な時間だったからだ。

それから、お美津は毎月根古屋の薬を届けるようになった。そして一緒に食事を摂る。誠吾も母に会い、誰にも言えない愚痴を吐き出すことで八丁堀の暮らしになじんでいった。苦いと聞いていた丸薬は、まったく苦くなく、むしろ旨いほどだった。

*

そして、誠吾が刺されてから一年経った。

「これが、最後の薬だそうだよ」

お美津から根古屋の薬を手渡され、誠吾はガッカリとする。もう、母が犬飼家に来る理由がなくなってしまうからだ。

「……まだ、痛むって根古屋先生に伝えておくれよ。おっかさん」

唇を尖らせる息子を見て、母は笑った。

「病でもないのに薬を飲んだら本当になるよ。それにおまえ、この薬代は犬飼様が用立ててくれているんだからね」

窘められて、しょぼくれてしまった誠吾を見て、お美津は微笑んだ。

「お喜代様がね、元服までは毎月汁粉を届けてほしいとおっしゃってくださったよ」

誠吾がバッと顔を上げた。

「元服したらおまえが来たらいいんだよ」

「……うん‼」

誠吾は大きく頷いた。

道三から貰った最後の薬を開けてみる。サッパリとしてピリッと辛く、しかし甘い薬だ。口に含むとシュワッと溶ける不思議な食感で、気持ちがスッキリ晴れてくる。

「……この薬、旨いんだよな。飲めなくなるのは本当に惜しい」

誠吾がサッパリとした笑顔を母に向けた。

「なにより体が第一だからね。もう怪我なんかするんじゃないよ」

お美津は、軽口を叩く息子を軽く小突いてやる。母子ふたりは満たされて笑い合った。

小豆の香りが漂っている。甘く柔らかな夕餉のとき。しみじみと餅を噛み、誠吾は道三と冲有を思い出していた。

＊

竜閑橋の向こうをひとりの男が渡ってくる。総髪にだらしのない着流し姿。黄昏時の顔は陰ってよく見えない。

誠吾はギクリとした。誠吾を刺した浪人を思い出したのだ。恐怖ですくみ、思わず俯いた。

（あれからずいぶん経ってんのに、情けねぇ……）

誠吾は臆した自分が不甲斐なくて悔しかった。

浪人に刺された事件から四年も経ち、十三だった誠吾は十七歳になっていた。元服もすませ、一人前になったつもりだが、心はまだ子どものころの傷を引きずっている。

「誠さん」

聞き慣れた声に、誠吾はホッとして顔を上げた。

よく見れば、男は大刀を差していない。それどころか小さな女の子を連れていた。肩揚げをした黄八丈が一条の光のように眩しかった。

（そうだ、あの浪人は死んだ。生きた人を死んだ男と見間違えるだなんて、これじゃ俺があの浪人と一緒だよ）

誠吾は自分自身を笑い、ふたりの名を呼んだ。

「冲さん！　お鈴ちゃん！」

誠吾は満面の笑みで、ふたりのもとへ駆け寄った。

「冲さんがお鈴ちゃんを連れて、こんなところで珍しいな」

お鈴は嬉しそうに笑う。

「今日は根古屋先生が日本橋に連れてきてくれたんです」

「へぇ、甘いもんでも食わせてもらったかい？」

「はい！　お茶屋さんでお団子を食べました」

ご機嫌なお鈴の姿を、冲有は穏やかな微笑みで眺めている。

誠吾はそんなふたりのことを本当の親子のようだと思いながら見つめていると、冲有と目が合った。

冲有は気まずそうに話題を変える。

「誠さんはお美津さんのところへ？」

「ああ、今日は命日だったから」

「そうですか」

「冲さんは？」

「私はちょっとした野暮用です」

冲有は曖昧に笑って答えた。十徳も着ず、ろくな荷物もないところを見ると往診ではなさそうだった。

冲有は自然に行き先を誠吾に合わせ、来た道を戻る。

お鈴はなにも言わずにそれに従う。

今日の冲有は少しおかしいとお鈴は思っていた。理由も言わず、お鈴を日本橋に連れていき、本来ならさっさと歩く人なのに、この橋の近くでゆっくりしていた。誠吾を見つけるなり、橋に向かったところを見ると、誠吾に会うのが目的だったようにも思えてくる。

それなのにたいした話をしないのが不思議だった。

三人は夕暮れの中、くだらない話をしながら来た道を戻る。

誠吾がしっかりと日本橋の土を踏んだところで、冲有はきびすを返した。

「それじゃ、私はここで」

「おう、またな！」

誠吾は答える。

冲有は無言で足さえ止めずにスタスタと神田へと帰って行く。

「ほんと、相変わらず冷てぇな」

誠吾は独りごちる。しかし、ハタと気がついた。知らず知らずのうちに、あれほど怖ろしかった橋を渡りきっていたのだ。

「もしかして、冲さん……」

（俺が橋を渡れないと見通して、渡らせてくれたのか？）

誠吾は小さくなる背中に向かって、大声をかけた。

「冲さん！　ありがとよ！　今度、汁粉持ってくぜ！」

しかし、冲有は振り返らない。かわりにお鈴が振り向いて、小さく手を振った。

その様子がおかしくて、誠吾は胸の奥がホッコリと温かくなる。気づけばもう脇腹は痛くない。

（また腹が痛んでも、きっと大丈夫な気がするぜ）

パンと脇腹を叩いてみる。一粒だけ落ちた雨はそれっきり、誠吾を濡らすことはなかった。


「先生、誠吾さんが『ありがとう』だって」

お鈴は冲有の袖をツンツンと引っ張った。お鈴の知らないあいだに、くだらない会話の中で、冲有は誠吾の問題をなにか解決したらしい。

「それより、汁粉を持ってくるそうです。困ったもんですね。玄関につっかえ棒でもしましょうか」

冲有は不満げだ。

（ちゃんと聞こえていたのに無視するところが、先生らしいな）

冲有は素直に人の好意を受け取れないところがあるのだと、お鈴は気がついていた。

「私は、お汁粉好きです」

お鈴が答えると、冲有は小さくため息をついた。

「では、しかたがないですね。開けておいてあげましょう。誠さんは、甘い物を持ってくるくらいしか能がありませんから」

冲有が意地悪に言って、お鈴は笑いながら頷いた。その言葉が本心でないことなどわかっているからだ。

「さぁ、早くうちへ帰りましょうか」

冲有がお鈴の背を叩いた。

「はい！」

お鈴は大きく頷く。

曇天を鳥が群れになって渡っていく。

行き交う人々も家路を急ぐ。みんな家に帰るのだ。

お鈴は冲有と一緒に家路につくことが、なんとも嬉しくて、その喜びを噛みしめた。

四章　虎狼狸《ころうり》と西瓜《すいか》

賑やかな声が響く往来には、鬢付《びんつ》け油の香りが漂っていた。ここは神田豊島町。商人の多く住む町である。

桂横丁のとある仕舞屋から男の叫び声が響き渡る。

「やめてくれ！　後生だから！　許してくれ！」

「ほら、しっかり縛ってください」

「てめぇら！　やめろ！　コイツを止めろ！」

「うるせぇ、我慢しろ！　みっともねぇ！」

「そうですよ、粋な兄さん。我慢です。我慢」

楽しそうな笑い声と、野太い怒号が飛び交う。

裏通りを行き交う人々が、なにごとかと声のする仕舞屋に目を向ける。

しかし、そこが根古屋冲有という医者の家だとわかると、皆苦笑いをして通りすぎていく。

なかには、本日の犠牲者のために「南無三《なむさん》」と両手を合わせて念仏を唱える者まで
いた。

黄八丈の着物を着たおかっぱ髪の少女は、その騒ぎを見て小さくため息をついた。名前はお鈴という。今年で七つになる。今は、寺小屋からの帰り道である。

お鈴は縁あって冲有に養われているが、もともとは日本橋の薬種問屋、伊丹屋の娘だ。身につけている黄八丈は伊丹屋から届けられたものである。

「また、根古屋先生が意地悪してる……」

そんな冲有の家にやってきてから、あの叫び声はお鈴にとって珍しくなくなっていた。屋敷に向かって転々と血が落ちている。怪我人が運び込まれたのだろう。

お鈴はそっと仕舞屋の戸を開けた。

てんやわんやで誰もお鈴には気がつかない。

中に広がるのは阿鼻叫喚《あびきょうかん》の地獄絵図である。半纏姿の男たちが、いかつい男を戸板に押さえ込んでいる。半纏から零れる肌には彫り物が見える。どうやら大工の一団らしい。

戸板に押さえ込まれている男の左足は股引が破られていた。左ふくらはぎに角材が刺さって、すねがおかしな具合に曲がっていた。

それをニヤニヤと眺めている男がいた。蘭方医の根古屋冲有である。

冲有は総髪姿に黒鼠色の十徳を着ていた。唐茶色の髪はくせがあり、猫のようにつり

上がった目は、虎目石のように輝いている。白い肌に、鼻筋がすっと通った美丈夫である。

若いながらも、治療に関しては定評のある男だった。

しかし、性格にはたいそう問題があった。自信家で、傲慢、その上横暴。ひねくれ者で、口も悪い。

患者の怪我が大きければ大きいほど喜ぶという風変わりな性格は、周囲から恐れられていた。

「ほらほら、戸板にくくりつけなくちゃいけないよ」

冲有は茶化すような口ぶりで、患者を戸板に固定するように指示している。

この戸板は冲有が作った特別製で、手足が縛れるように手ぬぐいがはめ込まれている。

嫌がる男を仲間の大工たちが押さえ込み、戸板の上に縛り付けている。

「さて、膝の下を縄で力いっぱい縛ってください。きちんと縛らないと血が吹き出てしまいますからね」

「大丈夫だ！　血なんかほっとけば止まる！」

男は逃げ出そうと必死だ。

冲有はニヤニヤと笑って鉈《なた》をとりだし、戸板に縛られた男に見せつけた。

「ひぃっ！」

「膝から下を切ってしまえば、簡単で早いんですけどね、そうします?」

「そんなところ切らなくていい！　仕事ができなくなるじゃねぇか！」

「じゃあ言うことを聞いてくださいよ。暴れると違うところまで切れてしまいますからね……ほら危ない」

そう言うと沖有は戸板の上に鉈を落とした。わざとである。

「ひぃぃ！　やめろ！　殺さないでくれ！」

戸板にくくりつけられた男は、ガタガタと戸板の上で震えている。

お鈴は小さくため息をついた。

「ただいまかえりました」

お鈴の声に、部屋がシンと静まりかえった。

大工たちは、お鈴を見て慌てふためく。

「お鈴、早くここから出ていったほうがいい。子どもが見るもんじゃねぇ」

大工のひとりがそう言って、お鈴の手を引っ張って家の外へ出そうとする。

沖有はクックツ笑う。

「お鈴ちゃん、早く着替えておいでなさい。このお兄さんを一緒にいたぶってあげましょう」

沖有が鉈を拾い上げながらそう茶化すと、戸板に乗せられた男はすがるような顔でお鈴を見た。

腕っ節が強いと近所で有名な男である。日に焼けた肌は筋肉が隆々と盛り上がっており、鋼のようだ。声も大きく、喧嘩っ早いと悪名が轟いている。女や子どもは関わらないよう避けている男だった。

「嫌なこと言わないでください」

お鈴は呆れて肩をすくめる。奥の部屋に入ると黄八丈の上に、黒鼠色の十徳を羽織って板の間にでた。冲有がお鈴のために誂えてくれた子ども用の十徳である。

お鈴はこれを着られることが嬉しい。一人前の気分になるのだ。

お鈴は丁寧に手を洗ってから、冲有の隣に座った。

少し静かになった男を相手に、冲有は診療を始めていた。

「ここはどうですか？　痛いですか？」

「痛てぇ！　痛てぇ！　痛てぇ！」

「痛いですよね。わかってます。骨が折れてますから」

冲有は楽しそうに患部に触っている。

「骨⁉」

「よかったですね、こっちの骨で。胸の骨なら、骨が肺に突き刺さってお陀仏《だぶつ》でしたよ」

冲有がご機嫌でそう言えば、周りの職人たちの顔がサッと引きつった。

「さぁて、どうしましょう。足を切りたくないんなら、ずれた骨を押して戻すんですが、あなたは喧嘩が強くて有名だ。これくらいの痛み、なんてこともないでしょう？　痛み止めなんかいらないですよね？」

挑発するように冲有が笑う。

男は脂汗をかきながら、ゴクリと唾を飲んだ。

「……い、いてぇんだろう？」

「そんなことないですよ？　ちょっと失神するくらいです」

「いてえじゃねぇかっ！」

フフフ、と冲有が妖艶に笑う。

大工たちはゾッとして一歩さがった。

「……ね、根古屋先生がこのへんじゃ一番痛くねぇって聞いたから来たんだぜ？」

男はすがるように冲有を見た。

「そうですよ。私が一番です」

「じゃあ……」

「でもね、私はあなたに痛み止めを使う必要はないと思っています」

「なんでだよ、金ならある！　金なら出す‼　金があるならなんでも診てくれるんだろう？」

冲有は鼻で笑った。

「それは半分正しいです。金があればたいがい診ます。ですが気に入らないヤツは診ない。私は、金に困ってないので」

男は泣き出しそうな顔になる。

「なんでぇ……」

「勝手に怪我するのはいいですよ？　でもね、人を巻き込むのはいけない」

冲有は部屋の隅を見た。

そこでは見習い大工のような少年が頭に包帯を巻いている。

「高いところで喧嘩ですか？　しかも、自分よりも明らかに小さい相手に？」

「コイツがなんにもできねえからいけねぇ」

「入ったばかりの子が大人と同じようにできたらおかしいでしょうよ。できるように教えるのが大人の務めでしょう？」

「……なんだよ……。役立たずで怪我の軽いガキを先に治しやがって。……俺は血も出て死にそうなんだぞ」

男はブツブツと言う。

「大切な順番ですよ」

冲有は笑った。

「だったら俺が先だろう⁉」

「なんでです？　あなたは三十くらいですか？　六十で死ぬとしてもあと三十年です。この子はあと五十年ほど生きます。命の長さでいえば、あの子のほうが優先ですよ」

「でも」

「それにね、血が出てないからって軽い怪我だとは限らないんです。頭の怪我だ。下手をしたらあの子は死んでいましたよ？」

沖有はにこやかに笑い、骨の折れた部分をギュウと押した。

「いてえ！　いてえ！　悪かった。俺が悪かった！　だから、痛み止めを使ってくれよぉ」

男は沖有に泣きついた。

沖有はニヤニヤと笑いながら、チラリと部屋の隅の少年を見る。謝る相手が違うのだと暗に示しているのだ。

「もうしねえよ！　アイツの薬代も俺が全部面倒を見る！　だから」

戸板の上から男は少年を見た。

少年はビクリと体を震わす。

「……悪かった。許してくれ。もう無茶は言わねぇ」

男の言葉に少年は静かに頷いた。

「あの、先生……。どうか兄さんに痛み止めをやってください。治してやってください。兄さんの腕はたしかなんです。兄さんがいないと困ります」

沖有は小さく息を吐いた。

「ああ、仕方がありませんねぇ。……いいですか。高いところで人を殴るなんて金輪際いけません。弱い者いじめも駄目ですよ」

沖有は真面目な顔を大工たちに向けた。

大工たちは青ざめた顔でコクコクと頷いた。

戸板に縛られた男は涙目である。

「さぁて、でははじめましょうか。お鈴ちゃん、痛み止め薬をとってきてください」

「はぁい」

お鈴は百味簞笥から一包の薬をとりだした。それを男に飲ませてやる。

「これが効いてくると眠くなります」

沖有がしたり顔で言うが、嘘である。先ほど飲ませた薬は麻酔薬ではない。いわゆる偽薬だ。

麻酔薬は、大工の男が担ぎ込まれてすぐに、気付け薬と偽って飲ませてあった。

麻酔薬は効くのに時間がかかる。だから、その時間を使って大工に反省を促していたのだ。

それを知っているお鈴は小さくため息をついた。冲有がこういう意地悪をするときは、弱い者がいじめられていたときだからだ。

「根古屋先生って……」

「なんです？　お鈴ちゃん」

チロリといたずらっぽい視線を投げられてお鈴は思わず笑ってしまう。猫のような色男なのだ。

「名医ですよね」

「知っています」

冲有はそう答えると、大工に向き直った。

大工は麻酔薬を与えられたと思って、落ち着いてきていた。うつらうつらしながら、荒い息を吐いている。

程なくして眠りに落ちたことを確認した冲有が言った。

「血が飛び散るかもしれませんから、お鈴ちゃんはさがっていてください。人の血を触っちゃあいけません。汚いですからね」

人を汚いという言い方はないだろうと思いつつ、お鈴は素直に従った。

冲有はふくらはぎに刺さった木材を引き抜き、傷を押し開き、体内に残る折れた木の破片を丁寧にとりだしていく。

大工たちは、ウッと顔をしかめた。

男はスヤスヤと眠っている。

「こんなにしても痛くねぇのか……」

大工たちは、恐れるような、敬うような目で冲有を見た。冲有は傷が綺麗になったところで、お鈴を呼ぶ。

「お鈴ちゃん、よく見てくださいね」

「はい」

お鈴は冲有の脇にチョコンと座ると、傷口をマジマジと見た。

大工たちはギョッとする。お鈴はまだ寺小屋に通うような子どもなのだ。そんな子どもに、男の血まみれの傷口を見せようというのである。普通なら目を背けたくなるような光景だ。

「おい、お鈴、嫌なら嫌だって言うんだぜ？」

大工のひとりが心配そうに声をかけた。

お鈴は一瞬キョトンとして、ニッコリと笑った。

「大丈夫です。楽しいです！」

その可愛らしく屈託のない微笑みと、今からやろうとしていることのあまりの落差に、大工たちは唖然と押し黙った。

お鈴は気丈にも、冲有をジッと観察している。肉を切り、骨を合わせ、肌を縫い合わせていく様子は、見ていて気持ちのよいものではない。普通の娘なら直視できないものだが、目に焼き付けるかのようだった。

大工の治療は無事に終わった。

戸板に乗せられていた男は、まったく痛くなかったと大感激で冲有に礼を言った。今回のことですっかり懲りて、喧嘩を売るのはやめると誓う。とはいっても、喧嘩を売ってくる男には容赦しないと、相変わらず鼻息は荒かった。

治療を目の当たりにした大工たちもすっかり感じ入り、なにかの折には冲有に世話になりたいと口々に話していた。

左足に添え木を当てられた男は、仲間の大工たちに支えられながら冲有の家をあとにした。あれほど治療を嫌がっていたのに、見えなくなるまで繰り返し、振り返っては頭を下げる様子が、お鈴にはおかしかった。

＊

お鈴と冲有は浴衣《ゆかた》姿で、庭に面した縁側で冷や水を食べていた。椀の中には、甘く冷たい水に白玉が浮かんでいる。

犬走りに水を張ったたらいを置き、足を入れて涼んでいる。縁側に座っていてはたらいに足がつかないお鈴は浴衣を端折り、たらいの中でたち膝をし、縁側を机代わりにしていた。子どもらしく寛ぐ様子が可愛らしい。

縁側を夏の生ぬるい風が通り抜けた。三匹の猫が怠そうに、たらいに張り付き涼んでいる。丸々とした白猫に、闇のような黒猫、そして茶色のトラ猫の三匹だ。

お鈴は椀の中の白玉をソッと箸で掴む。柔らかく、しかし弾力のある白玉はツルリと箸から逃れる。

お鈴はそれを追い回し、ようやく捕まえたところで口に運んだ。甘く、柔らかく、喉ごしがいい。ズッと冷や水をすすって、ホッと息を吐いた。

冲有の膝の上には、お鈴の描き付けた帳面が開いてある。

人のふくらはぎの絵が描き込まれている。これは、先の大工の治療内容をお鈴が描いたものだった。いわゆる診療録である。

お鈴には少し特殊な力があった。目に見たものを、そのまま絵のように記憶できるのだ。物事自体に理解は及ばなくても、風景として記憶できる。

冲有はその力を使って、治療中の患部をお鈴に描き留めてもらっていた。

「相変わらずお鈴ちゃんは素晴らしいですね」

お鈴は恐縮する。

「でも私にはこれがなんなのかはわかりません」

「そんなことはあとから学べばいいことですよ」

冲有は笑い、冷や水の中から白玉をすくい上げた。

冲有は甘い物が好きだ。こうやって頭を使う仕事の前後には甘い物を欲しがる。冲有はお鈴の描き付けに、人体の部位の名前を書きこんでいく。

「それにしてもあの兄さん、偽薬がとってもよく効きましたね」

お鈴が笑う。

「麻沸散《まふつさん》は危ない薬ですからね、しまう場所を知られたら困りますから」

冲有は着物の襟を押さえた。着物の下の懸守《かけまもり》の中に、難しい薬を入れておく棚の鍵が入っているのだ。

お鈴もその棚の開け方は知らない。箱根のカラクリ机の奥に鍵穴があるらしいが、開けるところを見たことはないのだ。

「効き目が出るのも遅いですし」

お鈴が言えば冲有も頷く。

「まぁ、そのおかげで私は楽しませていただいていますけれど」

ニヤァと微笑む姿は人とは思えぬ不思議なすごみがある。

なんども見ているお鈴でさえ、時折ゾッとする。

お鈴は小さくため息をつく。

「ほんと、先生は悪いお人……」

冲有はお鈴のぼやきを聞き流すように、フフと鼻で笑うばかりだ。

冷や水をすすり涼をとる。神田の町は夏を迎え、すっかり暑くなっていた。

風鈴を売り歩く声が響いてくる。蚊遣りの煙とクチナシの香りが混じり合う。

「おーい、根古屋先生！」

長屋の戸口から呼びかける声が聞こえる。冲有は顔をしかめ、聞こえないふりをした。

声の主は、腐れ縁の誠吾だ。

「先生、お客様ですよ」

お鈴が立ち上がろうとすると、冲有はお鈴の手を押さえた。

「あれは、客じゃないですよ……ほっときなさい」

するとトラ猫がたらいのへりからヌルリと立ち上がり、戸口へと向かっていった。冲有はそれを見て、チッと舌を打ち鳴らす。

「せんせー。冲さーん。甘い物、西瓜、持ってきたぜ」

声の主は勝手知ったるといった様子で、ズカズカと上がり込んでくる。ガチャンと音
が鳴ったのは、板の間にある刀掛けに刀を掛けたのだろう。

「お、ちょうど一休みってところだったみたいだな！」

「上がっていいなんて言っていませんよ。誠さん」

冲有は西瓜を手にした誠吾を軽く睨んだ。

「まぁまぁ、俺と冲さんの仲じゃあねぇか」

「どんな仲です」

冲有は素っ気なくあしらう。

「だってよ、素直に待ってたら戸を開けちゃくれないだろ？」

誠吾は子犬のような瞳で、窺うように冲有を見た。

冲有は気まずそうに目を逸らす。

お鈴はそんなふたりのやりとりを微笑ましく思って眺めていた。冲有はどんなに冷たいふりをしても、結局は誠吾に甘いところがある。

冲有は大仰にため息をついてから、誠吾に命じた。

「西瓜を切ってきてください」

「任せろ！」

誠吾は嬉しそうに頷いた。

「あ、私がやります」

お鈴は慌てた。誠吾は与力犬飼家の嫡男、お武家様なのだ。本来は、町人が顎で使える相手ではない。

お鈴がたらいの中から立ち上がると、ビシャリと水が跳ね、猫が不満げにニャアと鳴いた。

「冲さんのご命令だからな。俺がやるってもんよ」

誠吾はご機嫌な様子で土間へ向かっていく。

誠吾は冲有を『冲さん』と呼ぶ。冲有は誠吾を『誠さん』と呼ぶ。お鈴はそんなふたりの関係を羨ましく思っていた。お鈴はまだ冲有のことを気安く『冲さん』とは呼べない。

程なくして縁側に西瓜が並んだ。誠吾はこういったことが器用だ。子どものころから行商人の母の手伝いをしていたためである。

冲有は板の間へ行き百味簞笥から塩を出してきた。赤い西瓜にパラパラとかける。

誠吾はドカリと座ると妙な表情を浮かべた。

「あすこの引き出しから出してくると、なーんか薬っぽくていけねぇ」

「嫌なら食べなくて結構ですよ」

「俺が持ってきたのにかい？」

誠吾は笑い、着流しの胸をガッツリと開いた。寛いでいるのだ。そうして西瓜にかぶりつく。

プップッと庭に向かって種を飛ばす。

沖有もお鈴も、種を飛ばした。西瓜は喉を潤し、腹の奥から体を冷やす。サッと汗がひいてくるのがわかる。

「で、冲さん、ちょっと聞いてほしい話があるんだけどよ」

「嫌です」

「最近、変な病が流行ってるみたいでよ。ちまたじゃ虎狼狸が出たって、八ツ手の葉が飛ぶように売れている。歩き巫女やらなんやらが、便乗して札を売り歩いているらしい」

誠吾は沖有を無視して話し続ける。

「怪我はともかく、私は病に詳しくないんですよ」

「関心がないだけだろ？」

「ええ、そうです」

心底興味がなさそうに沖有が答え、誠吾は苦笑いをした。

しかし、めげずに沖有の前に地図を広げた。

「だけどおかしいんだよ。その病は虎狼狸みたいに死んだりしねぇ。吐いたり、くだしたり、頭が痛かったりって感じらしい。で、わりとすぐ治る」

「それならただの食あたりでしょうね。最近は暑くなってきましたし」

沖有は関心なさそうに答えた。

「ああ、俺もそう思う。でも、それって、こんなふうに起こるもんなのかね？」

誠吾は地図を広げた。

そこには、病が起きた日付と場所が墨で細かく書きこまれている。

お鈴は目を見張った。

「わぁ！　誠吾さんすごいですね」

誠吾は照れたように鼻をかく。

「これも冲さんに教わったんだがな」

お鈴はニコニコと冲有を見た。

「なんですか」

冲有は不服そうにお鈴を見返す。

「いいえ」

お鈴は目を逸らす。

（優しいですね——なんて言えば、きっと先生がへそを曲げちゃう）

お鈴はそう思い、曖昧に笑った。

冲有はフンと鼻を鳴らす。

「なんだか同じ通りで同じ日にまとまって起きてるみてぇなんだ」

誠吾に言われて、冲有はチラリと地図に視線を落とした。

「……時間は？」

「いや、そこまでは」

「どれくらい日が開いてますか？」

「それがよくわからねぇ。先月二回に、今月は三回だ。もしかしたら、もっと前からあったのかもしれねぇが、話題にならなかったもんで、はっきり覚えてる者がいねぇ」

冲有は目を細めた。そしておもむろに立ち上がる。

「さて、体も冷えたことだし、少し歩いてきましょうか」

「よっしゃ！」

冲有が言うと、誠吾は嬉々として立ち上がった。

（こういうときの誠吾さんはまるで、尻尾を振ってる子犬みたい）

お鈴は大人相手に微笑ましく思う。

冲有は濡れた足を手ぬぐいで拭《ぬぐ》いながら、お鈴に言いつける。

「お鈴ちゃん、留守を頼みます。残った西瓜は長屋の子たちにあげてください」

そして、新しい手ぬぐいを首に掛け、浴衣姿のままスタスタと玄関へ向かう。

冲有は服装に頓着しないのだ。汚れていなければ、しわくちゃでもなんでもいい。そのせいで、いつもものぐさに見えた。

誠吾は板の間にある刀掛けから二振りの刀を取り、腰に差す。

仕舞屋には不釣り合いな刀掛けは、誠吾があまりに入り浸るものだから、冲有が用意してやったのだ。

誠吾はその刀掛けを見てクスリと笑う。

(冲さんは、こういうところがすごく優しいんだよな。なんだかんだ言ったって、結局、今日も俺に付き合ってくれるんだからよ)

誠吾は思った。

なんといってもこの家には、誠吾用の箸と湯呑み、茶碗がある。

誠吾がこの家に世話になったのは、元服前だった。そのころ使っていた箸はすでにくたびれ、今では別の新しい箸が用意されている。

いつでも自分の居場所がここにあるようで、誠吾は心がなんだかくすぐったい。

冲有は誠吾が微笑んだのに目ざとく気がつく。

「……なんですか、ニヤニヤして気味が悪い」

チロリと睨む瞳は柔らかな鼈甲色で、口ほど不服ではないことがわかる。

冲有は、慇懃無礼《いんぎんぶれい》で、ひねくれ者、人の傷口ばかりに夢中になる変わり者だ。だから周りには、奇人変人と噂されている。

冲有もその誤解を解く気はないようだった。

「なんでもねぇよ」

(優しいなんて言ったら怒るに決まってるからな)

誠吾は笑うと、グイと大小の刀を押し込んだ。

冲有は空を見上げた。ここは、神田紺屋町《こんやちょう》である。藍染めの布が青空にたなびいて清々しい。風が吹くと舞い上がり、はためく。三角の鱗文様は空に昇る龍のようだ。

足もとを見れば、藍染川《あいぞめがわ》がくすんだ緑色に染まっている。

職人たちの喧騒に、棒手振りの声が混じる。そろそろ夕餉の時間だ。

「ああ、天ぷらが食べたいねぇ」

屋台を見て冲有が言う。冲有は油物が大好きだ。

賑やかな町を毒消し売りが歩いていく。その後ろをういろう売りがついていく。

「葛西金町《かさいかなまち》、半田の稲荷、疱瘡《ほうそう》もかるい、麻疹《はしか》もかるい、運授安産——」

大きな声は願人坊主《がんにんぼうず》〔神仏への参詣、祈願あるいは修業などを代理で行う坊主の姿をした門付《かどづ》け芸人〕だ。やはり病を出す家が多いことが噂になっているのか、薬売りや、門付けのような者が集まってきているのだ。

冲有は目的もないようにフラフラと歩く。もう、誠吾が見せた地図は頭に入っているようだ。

誠吾はそんな冲有にただついて歩く。

誠吾は目立つ。上背があり、人懐っこい笑顔を持つ与力見習いだ。男も女も誠吾とすれ違うと、思わず振り返る。しかし、とうの誠吾には自覚がなく、目が合えば気軽に挨拶を返すのだ。

もともと神田の生まれで知り合いも多いというのもある。

すると前方から、誠吾に負けず劣らずの美しい男が、木箱に天秤棒《てんびんぼう》を渡し歩いてくる。どうやらニラ雑炊を売り歩いているらしい。仲蔵縞《ちゅうぞうじま》の小袖の着こなしも涼やかで目立つ男だ。役者と言われれば信じるだろう。

乾いた布をたたんでいた女たちが手を止める。男はそれに気がついて、流し目を送り手を振ってやる。ぽーっとなった女が、ニラ雑炊売りを呼び止める。

ニラ雑炊売りは、嬉々として売りさばく。甘い声で、「ニラは体にいいからね、ちまたで流行りの虎狼狸も追い払うぜ」などと言ってやれば、女はキャッキャと喜んだ。

冲有はそんなやりとりを面白そうに眺めた。同じ色男でも、誠吾とは正反対な様子に思わずふたりを見比べた。

「ニラ……ねぇ……」

「なんだよ、先生」

「いえ、ニラは滋養にいいですからね」

「へぇ。それにしても見たことねぇ男だな。最近流れてきたのかね」

ふたりは話しながらすれ違う。そして、ニラ雑炊売りが来た道を冲有は逆にたどっていった。

フラフラと四半刻ほど歩いただろうか。裏長屋から慌てて飛び出してきた者がいた。

「どうした？」

誠吾が呼び止める。

長屋から出てきた男は誠吾を見て、ホッと息を吐く。

誠吾は幼いころからこのあたりをうろついていたために、町人たちの多くに名前と顔を覚えられているのだ。

「誠吾さん。なんだか、子どもが急に苦しみだして」

冲有がズイと身を乗り出す。

「吐いていますか？」

男は驚いたように思わず一歩さがる。

なにしろ今の冲有は浴衣姿のボンヤリした男だ。なにごとかと思われてもしかたがない。

「お、おう」

「ああ、この人はお医者だよ」

誠吾が説明すると、男は嬉しそうに顔をほころばせた。

「ちょうどいいところに……」

そう言いかけて、慌ててブンブン頭を振った。

「いや、大丈夫だ。なんでもねぇ」

「なんでもねぇ、ってことはねえだろう?」

「いや……でも、さっき毒消し売りがいたから、そっちを探してくる」

男は医者にかかる金がなかったのだ。

「家はどこです?」

冲有がたたみかける。

「いや、大丈夫だ」

男の答えに、冲有はチッと舌打ちをした。

そして、手ぬぐいを頭の後ろで縛り、鼻と口を覆うと、男が出てきた路地へ黙って駆けていく。

「おい! 冲さん!」

誠吾は慌てて冲有を追いかける。

男は誠吾を追いかけた。

裏長屋の一角で、女たちが右往左往している。出入りの激しい長屋の一角に、冲有は強引に入っていった。

誠吾も一緒に中に入って手伝おうとすると、冲有は厳しい声で窘めた。

「誠さんは役に立たない。入ってきたら迷惑です！」

「そんな言い方ないだろ！」

誠吾はカッとなる。

「黙ってそこに立っていなさい‼」

冲有は一喝した。不思議な迫力で、誠吾はビクリと体を硬直させた。周囲はギョッとする。

なにしろ与力見習いが、浴衣の男に叱られているのだ。

誠吾は悔しかった。冲有にとって自分が役立たずだということが。

しかし、たしかにそのとおりなのだ。病や怪我の対処で誠吾ができることは少ない。

（でもよ……、言い方ってもんがあるだろうよ……）

そう思いつつ、しかたがないので、鬱々《うつうつ》とした気持ちで外から様子を窺う。

ションボリと気落ちする誠吾の姿を、周囲は気の毒そうにチラチラと眺める。

なかでは、腹掛けを着けた子どもが汗をかきながら嘔吐《えず》いている。白と緑、茶色や赤の嘔吐物が板の間に散らばっていた。子どもは涙目になりながら、吐くのをこらえようと手で押さえている。

冲有は土間の桶をひっつかむと、子どもに手渡した。

「ここへ吐きなさい！」

沖有が命じる。子どもは頷くと桶の中に嘔吐する。

「なにか着る物はありますか？　それにお湯！　塩は？　なければ漬物でも！」

沖有の問いに、子どもの母親が自分の浴衣を持ってくる。長屋の女たちがおのおのの家からお湯と塩を持ってきた。

沖有は浴衣を受け取ると子どもに巻き付けた。冷えた体を温めるのだ。背中をさすってやり、嘔吐を促す。

「お湯に塩をひとつまみ入れて冷ましてください」

女たちは沖有に言われたとおりにする。

子どもが落ち着いてきたところで、沖有は塩入りの白湯を子どもに飲ませた。

子どもはグッタリしている。

「先生……大丈夫かい？」

誠吾が思わず声をかける。

「……先生……？」

子どもの母親はその意味を理解して、顔が青ざめた。

「……先生？　お医者さん……？」

沖有はチラリと母親を見て、チッと舌打ちをした。

「うちは、あの、銭が……」

「知っています。銭の代わりに、これをくださいっ」

冲有は嘔吐物の入った桶を指さした。

母親をはじめ、周囲の女たちは目をむいた。

「できれば、油紙で覆ってくれるとありがたいです」

冲有が大真面目な顔で言うものだから、ますます女たちは気味悪がった。

しかし、冲有は気にしない。

女たちは言われるがまま、嘔吐物の入った桶を油紙で包んだ。

「いいですか？　吐いた者が触れた物はよく洗ってください。手も綺麗に洗うんですよ」

「あの、薬は？」

「薬はいりません。ただ、こまめにさっきの白湯を飲ませてやりなさい。それからお腹が空いたら食べやすい物を食べさせてやってください」

冲有は桶を抱えて長屋を出た。

「さて、来た道を戻りますよ」

誠吾は言われるままに冲有についていく。

すると、帰り道の先々で、気分の悪さを訴える人々が現れた。

症状は人によってまちまちだが、おおむね発汗や悪心《おしん》、嘔吐、頭痛、悪寒などである。

冲有と誠吾は彼らに先ほどと同じ処置をほどこして歩いた。

誠吾が桶を運ぼうと申し出ても、冲有はかたくなに断って距離をとれと命じた。そして、一段落つき、冲有は嘔吐物の入った桶を複数重ねて家に戻ってきた。

「お鈴ちゃん。釜に湯を沸かしてください。誠さんは手を綺麗に洗い酒で拭き、こっちには来ない！」

冲有は家に入らず直接庭へ行き、お鈴に声をかける。

お鈴は言われたままに湯を用意する。

誠吾も命じられたままに手を洗った。

お鈴は、縁側に浴衣を用意した。冲有は汚物に触れた着物は、熱湯につけてから洗うのが常だったからである。

夏は昼が長い。夕餉の時間をすぎたといっても、あたりはまだ明るかった。

冲有は貰い集めてきた嘔吐物を確認する。

色とりどりの嘔吐物は、直前になにを食べていたのか明らかだった。

冲有は庭の片隅に穴を掘り、嘔吐物を埋めた。綺麗に桶を洗い、湯を張る。その中に自分の着ていた浴衣を入れた。

傷痕だらけの肌を露わにしたまま手を洗う。

お鈴は冲有の傷の意味を知っているだけに少し胸が痛んだ。

冲有の体中にある傷は、医術に対する好奇心の証しらしい。彼は新しい医術を知ると、自分の体で試してみる癖があった。ただ、なかにはお鈴のために負った傷もある。

とうの冲有はまったく気にもとめない。当然のように縁側に出された浴衣に着替えた。

そうしてようやく板の間へやってきた。

「お鈴ちゃんは夕餉をとりましたか？」

冲有が落ち着いてから最初に発した言葉はそれだった。

「はい」

お鈴は、冲有の足手まといにならぬよう、時間が来れば時間どおりに、自分ひとりで生活をこなす。

一緒に生活しはじめたころは、待っていたのだが、逆に迷惑になっていると気がついたのだ。

冲有は集中しはじめるとほかのことに気が回らない。好きなときに眠り、好きなときに食べる。早朝でも夜中でも出かけたいときは出る。誰かと一緒に生活することは、基本的に向いていないのだ。

だから、お鈴は自分が食事を摂るときに冲有が暇そうなら声をかけるが、そうでなければひとりで食べた。

冲有も気が向けば、お鈴に声をかけた。それがふたりの暮らしだった。

「それはよかったです」

「俺は腹が減ったよ」

誠吾が言って、冲有は誠吾を睨みつけた。

「誠さんは帰りに蕎麦でも食べていけばいいでしょう」

ツンとあしらわれ、誠吾は苦笑いだ。

「で、冲さん。なにかわかったんだろ？」

「はい。たぶん雪中花《せっちゅうか》にあたったんです」

「雪中花？」

「水仙《すいせん》とも呼びます。黄色や白の美しい花を咲かせるんですが、葉がニラによく似ています。雑炊のニラに混じっていたんでしょう」

「……ニラ雑炊？」

「食あたりを起こした人たちは全員ニラ雑炊を食べていました」

「でも、一家で同じ物食っててても出てないやつもいたよな」

「たぶん、体の小さい人や弱った人はあたりやすいんです。よかったですね。虎狼狸でなくて。うつるものではありません」

誠吾はハッとした。冲有が誠吾に手伝わせなかったのは、不用意に病人に触れて病気がうつることを心配していたからなのだ。

「はぁ、……沖さんよぉ……」

「なんですか？」

「あんた、わかりにくいよ」

「なにがです？」

沖有は意味がわからないというように、キョトンと首をかしげた。

お鈴はそんな沖有を見てクスリと笑う。

「……まぁいいや。じゃあ、あのニラ雑炊の野郎がわざと雪中花を混ぜて売ってたんだな」

誠吾の呟きに、沖有はニヤと笑う。

「どうでしょう」

「だってそうだろう？　一回だったら間違いだろう。毎回だったら、無知だろうよ。でも、そうじゃねぇ。飛び飛びで、最初長かった間隔がドンドン狭くなってきてんだ。俺はなんかの理由があると思うぜ？」

「私もそう思います」

沖有に同意され、誠吾は満足げに頷いた。

「でも、なんでそんなことをする必要があるんでしょう？」

「面白かったんじゃねぇか？　いるじゃねぇか、意味なく人を殺めたいヤツも」

誠吾は苦い過去が呼び起こされ、思わず眉を顰めた。

冲有も同じ事件を思い出し、ため息をつく。

「たしかにそういう人はいますがね。そういう人はたいがい今の生活に不満があるもんです。でも、あの人は人気者みたいでした。商いも楽しげでしたし。こんなこと続けていけば、いつかはバレてしまったでしょう? せっかくの商売を駄目にしてしまいます」

冲有に指摘され、誠吾は唸った。たしかにそうとも思える。

「ま、とりあえず、会ってみるぜ」

誠吾は冲有の家をあとにした。

*

誠吾は朝早くニラ雑炊売りの家に来ていた。相手は誠吾の見知らぬ男だ。向こうも誠吾を知らぬだろう。警戒されぬよう、今日は刀を置いてきた。

男は裏長屋の一角にひとりで住んでいるようだ。長屋でも人気者らしく、いろいろと声をかけられている。

鱗文様の手ぬぐいを姉さん被りにした菜売りの少女がニラを売りにやってきた。頭の上に青菜の積んだ籠を載せている。年のころは十二歳くらいの娘だ。お得意様なのだろう。仲むつまじい様子である。

「兄さんには一番いいニラをあげるね」

菜売りの少女はそう言って、明らかにほかの束より太いニラの束を渡した。ニラ雑炊売りはにこやかに微笑んで、礼を言う。

「いつもありがとうな。たまには俺の雑炊を食ってけよ」

男が呼び止めると、顔を真っ赤にして辞退する。気持ちだけでお腹いっぱいだと、そう笑って逃げるように出ていった。

(ありゃ、娘が完全に惚れてるな)

誠吾は菜売りの少女を見おくると、ニラ雑炊売りの家の戸を叩いた。

「ちょいとすまねぇ」

雑炊売りは誠吾を見て身構えた。

粋な着流し姿はただの町人には見えない。そんな者が朝早くから自分を訪ねてくる理由がわからなかったからだ。

「どうしたんで？」

「俺はもともと神田の生まれでね、最近話題のニラ雑炊が食べてみたくてよ」

「……でも、まだできてないんですよ」

男は申し訳なさそうに誠吾を見た。

土間にある鍋の中では湯が沸いていた。買ったばかりのニラはまだ束も解かれていない。

「見ててもいいかい？」

「そりゃかまいませんが」

雑炊売りは不思議そうな顔をして、それでも断らなかった。身分のよさそうな男といざこざを起こしたくない、そう思ったのだろう。なんとなく丁寧な口調になっているのが証拠だ。

たらいに張った水にニラを入れて洗う。そして、それを刻むと鍋の中に入れた。ニラをサッと湯から取り、味噌で味付けられた雑炊の中に入れる。

フワッとニラの香りが立った。雑炊売りは雑炊を一口掬うと、ためらいなく味見する。

今日は雪中花が入っていないのだと誠吾は思った。

「いつもそうやって作るのかい？」

「へぇ」

雑炊売りは屈託なく答えた。

「人気なんだってな。どうだい、商いの調子は」

「ええ、楽しいですよ。いいニラを安く売ってもらえたり、新しいお客さんを紹介してくれたり。みなさんよくしてくださいますし、俺には合ってるみたいです」

「そうかい」

「美味しいって喜ばれるのは嬉しいです。できれば小さい店でも持てたらいいんですけどね」

夢を語る雑炊売りの笑顔には、嘘偽りはないように見えた。

「所帯は持たねぇのかい？」

誠吾は聞いてみる。あれだけ人気の色男だ。店を持っている娘から声がかかっていてもおかしくはない。そうすれば簡単に店を持てるだろう。

雑炊売りはあっけらかんと笑った。

「流れ者の俺なんか無理ですよ。女房を食わせる甲斐性がねぇ。まあ、食ってみてください。ニラいっぱい入れときますぜ」

雑炊売りは椀にニラ雑炊をこんもりと盛り付けて、誠吾に手渡した。

誠吾はありがたく受け取る。

「これかけると旨いんで」

雑炊売りに促されて、七味唐辛子をかけた。

（気のいいヤツだ。こんなにいいヤツがわざと雪中花を入れるわけねぇ。きっとなにかの間違いなんだろう）

誠吾は思った。

独特のニラの香りが鼻に抜け、食欲をそそる。誠吾は椀に口を付けた。味噌の塩気が口内に広がる。七味の辛さがピリリと効いている。

「旨いな」

本当に旨かった。誠吾はニラ雑炊をかき込んだ。


それから四半刻。

誠吾は腹を抱えながら、冲有の家に急いでいた。脂汗をかき、体中がゾクゾクとする。吐き気をもよおしながら、それでも必死に先を急ぐ。

道中で行き会った同心に事の次第を説明し、ニラ雑煮売りの雑炊をすべて捨てさせるように指示する。

ほうほうのていで冲有の家にたどり着くと、倒れ込むように板の間へ突っ伏した。

「冲さん、悪い。食あたりみてぇ……だ……」

青白い顔をして転がる誠吾を見て、冲有はチッと舌打ちをした。

冲有は桶を持ってくると、誠吾に押しつけた。強引に顎を掴み、口を開かせる。そして、喉の奥に指をつっこんだ。

誠吾は嘔吐《えず》く。目尻に涙がたまる。苦しい。

「ほら、ここに吐きなさい！　早く！」

沖有はグイグイと喉奥を指で押す。誠吾はあまりの苦しさに、思わず吐き出す。ドロとした嘔吐物の中には緑色のニラが混ざっている。

「馬鹿なんですか⁉」

沖有は怒鳴った。

誠吾はハァハァと肩で息をしている。寒気がとまらない。

沖有は押し入れから布団を持ってきて、震える誠吾をグルグルに巻く。

「お鈴ちゃん、湯冷ましに塩を少し入れて！」

お鈴は言われたままに、湯冷ましに塩を入れ持ってくる。

少し落ち着いた誠吾に湯呑みを渡した。誠吾はコクコクとゆっくり飲んだ。

しばらくして、ようやく落ち着いたころ、沖有は誠吾に白い目を向けた。

「自分で食べて確かめるなんて、阿呆のすることですよ！」

「馬鹿言うねぃ。沖さんじゃあるまいし、喜んで毒を飲むヤツがいるか」

「知らないで食べたんですか？」

「ああ、だって目の前で作るのを見てたんだ。ニラしか入れてなかったし、アイツだって味見をしてみせた。だから大丈夫だって……」

言い訳するように誠吾が答えると、沖有はハーッとため息をついた。

「味見って……味見程度なら大丈夫だったんですよ」

「そういうもんだってわからなかった」

ショボリとうなだれる誠吾を見て、お鈴は少し気の毒に思う。まるで叱られた子犬のようなのだ。

トラ猫がやってきて、誠吾の膝に背中を付け、冲有を睨みあげた。

まるでこれ以上叱らないでやってくれと、抗議でもするかのようだ。

「やっぱり、ヤツなのかなぁ……」

誠吾は今朝の出来事を冲有に話した。

ニラ雑炊売りを見に行ったこと。菜売りの少女からニラを買う様子から、作るあいだも見ていたこと。男が味見したあとで、自分も雑炊を食べたこと。雑炊が旨かったこと――

誠吾は話し終えると、雑炊売りの若者に思いを馳せ、なんだかとてもむなしい気持ちになった。

誠吾と話した雑炊売りは夢を語る好青年に見えた。少し軽いところはあるけれど、それは商人の渡世術《とせいじゅつ》だと思った。

誠吾は雑炊売りを信じたのだ。だからニラ雑炊を食べた。だが結果はこれだ。どこで雪中花を混ぜたのか、誠吾には皆目見当がつかない。買ったニラの束をそのまま、調理していただけだ。

病だと思われていたことが、無差別に毒をばらまいていたせいだとわかればただではすまない。せっかく軌道に乗っていた商いも駄目になる。小さな店を持つ夢も、みんな水泡に帰すのだ。

「旨かったんだよ。ニラ雑炊。なんでだよ、もったいねぇじゃねぇかよ……」

誠吾は残念で悔しくてしかたがない。真っ当に生きていける人間が、なんで人を害そうとするのか。

ダン、と板の間を殴る。トラ猫が驚く。誠吾を窘めるように、殴った拳へ自分の前足をタシと置いた。

誠吾はその柔らかさになんだか悲しくなる。

「……まだ決めつけるのは早いかもしれませんよ」

冲有は誠吾の背中をトントンと叩いた。まるで幼子を寝かしつけるかのようだ。

「でも、俺はアイツの雑炊しか食ってねぇ」

「ええ、あの雑炊に雪中花が入っていたのは間違いないでしょう。でもね、混ぜたのは雑炊売りじゃないかもしれません」

誠吾はオズオズと顔を上げた。

冲有の目が虎目石のように光っている。

「菜売りの少女の畑を見に行ってみましたか？」

誠吾はハッとした。ドクンと心臓が跳ねる。

（あのニラの束に、はじめから雪中花が混ざっていたら？　男はニラだけだと信じて使っていたら……？）

「畑に雪中花が混ざって植わってるってことかい？」

誠吾は沖有に問う。

「普通は混ざらないように植えるもんですけどね」

沖有は笑った。

「まさか、わざと入れたってのかい？　でも、あの娘はニラ雑炊売りを好いているようだったぜ」

「……そうですね。だからこそ、確かめたほうがいいのでは？」

沖有はニヤァと笑った。

「ああ、人は怖い怖い。怖いですねぇ……」

そう笑う沖有のほうが、よっぽど妖のようで怖いとお鈴は思った。

＊

誠吾は幾日か畑に通い菜売りの少女を調べた。

祖父と暮らしているらしい。祖父が畑で野菜を育て、それを売りに行くのが少女の仕事のようだった。

働き者の娘だった。畑仕事しかしない祖父のために、一切の家事を引き受けている。朝は早くから、夕方までコマネズミのように働いている。まだ遊びたい盛りだろうに、少し気の毒なほどだった。

（いい娘だ。きっと、大人になればいい嫁さんになるだろう）

誠吾は感心した。

（冲さんはこの子を疑ってるようだが、あり得ない。こんなにいい子だ。そもそも、まだ子どもだぜ？　毒を盛るなんて考えもしねぇだろう。あれから、食あたりも起きていない。今日でこの少女を調べるのをやめよう）

しかし、そのときだった。刈り取った青菜を籠に入れた少女が、外へ出てきた。いつもよりこぎれいな着物だった。今から青菜を売りに出るのだろう。

姉さんかぶりをした鱗文様の手ぬぐいが爽やかな水縹色をしている。見覚えのある手ぬぐいに、誠吾はドキリとした。

（水縹色……。鱗文様の手ぬぐいか……鎌鼬のヤツも使っていたな）

鱗文様は縁起がいい。ありふれた文様だ。水縹色の手ぬぐいもありふれていた。

（まぁ、珍しいもんでもねぇか）

誠吾が思っていると、少女は畑の脇の木の下へ行き、そこに生えていた雪中花をコソコソと刈り取った。

今は花の季節ではない。雪中花の葉だけを切り、鑑賞するとはあまり考えられなかった。すると、少女は籠に積まれていた大きなニラの束に、その雪中花を混ぜ込んだ。

雪中花を刈り取ってわざと混ぜたのだと気づき、誠吾はゾッとする。まったく意味がわからないからだ。

自分が好いている男の商売を邪魔する理由が思いつかない。袖にされている様子でもなかった。どちらかといえば、仲がよく見えた。

商いが上手くいけば、ニラを少女が作り、雑炊を男が作って、ふたりで所帯を持つことだって夢ではないかもしれない。

(それなのに)

しかし今、ついに少女がニラと雪中花を混ぜ、束にするのを見てしまった。

明らかにほかの束より太い束。「一番いいニラ」と言って、雑炊売りに渡していた束と同じだ。

少女はウキウキした足取りで、雑炊売りの長屋へ向かう。

誠吾は長屋の近くで菜売りの少女を呼び止めた。ニラ雑炊売りに売る前に止めなくてはいけない。

「そのニラをひとつくんねぇ」

少女は鱗文様の手ぬぐいの下でにこやかに笑うと、普通の束を誠吾に手渡す。

誠吾は首を振った。

「そっちじゃねぇ、こっちの太いヤツだ」

誠吾に言われ、少女は弾かれたように顔を上げた。そして、曖昧に笑う。

「これはお得意さんのだから」

「俺が倍の値段で買うよ」

「でも、約束だから」

「だったら、お得意さんの分、俺が金を払う。謝りついでに二束やってくんねぇ」

「でも……」

「なんでぇ？　売れない理由があるのかい？　ニラなど全部同じだろう？」

たたみかけるように誠吾に問われ、少女は逃げようときびすを返した。

そこへニラ雑炊売りがやってきた。

「どうしたんだい？　今朝は遅かったから」

心配げに声をかけられ、菜売りの少女は声を震わせた。

「こ、この、お人が……ニラを」

菜売りの少女の声を誠吾が遮った。

「ああ、このあいだのニラ雑炊が旨くってね、こっちでニラを買ってみようと思ったんだ」

雑炊売りは誠吾を見た。

「おや、先日の……なんだか、食あたりになっちまったって、岡っ引きの親分さんから聞きやした。すみません」

ペコリと頭を下げる。

「いや、悪いねぇ。あんたのせいじゃないかもしれないんだが。大事をとって全部捨ててもらって助かったよ」

「いいえ、岡っ引きの親分さんが言うように、あれからは椀一杯分食ってから商いに出るようにしてるんで、もう安心ですよ」

雑炊売りがそう微笑むと、菜売りの少女の顔が青ざめた。「食べてから？」と小声が漏れる。

誠吾は彼女が動揺するのを見逃さなかった。

「それで、どうだい」

「俺は腹が痛くなることはねぇです」

「そりゃ、俺の見立て違いだったたな。すまねぇなぁ。で、まぁ、腹は痛くなったが、ニラ雑炊が旨かったんでね、うちで作らせてみたんだけどよ、同じ味にならねぇってんで、おんなじニラがほしくてさ、娘さんに頼んでるんだよ」

　誠吾の話を聞いて、「真似したって、おんなじ味にはならねぇですよ」と雑炊売りは軽く笑った。

　誠吾は少女の肩に手を置いた。

「なぁ、このでかい束を売っちゃあくれねぇか。あの兄さんに売る分だったんだろ？　俺が兄さんの分をふた束買ってやるからよ」

　そう言ってから、誠吾は小さな声で少女の耳元に囁く。

「こいつには雪中花が混じってるんだろう？　あの兄さんが味見したら死んじまうかもしれないぜ」

　菜売りの少女は一瞬息を止めた。そして、ハクハクと呼吸が荒くなった。

「なんだい。具合でも悪いのかい？　無理をしちゃあいけないよ」

　心配そうに少女の顔を覗きこむ、ニラ雑炊売り。

　少女は、首を横に振った。そして消え入るような声で「違うんです」と呟いた。

　自分のことを心配してくれる男の顔が胸に痛かったのだ。

「私、私……、ごめんなさい……」

　突然謝られた男はなにがなんだかわからない。

「どうしたんだ？　なにがつらいんだい。話してみねぇ」

雑炊売りの男が優しく語りかけると、少女はホロホロと涙を零し語りだした。

「私、じじさまとふたり暮らしで、じじさまは畑のことしかやらなくて、家のことは全部私がしなくちゃなんなくて、……みんなと同じように遊べなくて、菜売りも嫌々やってたんです。でも、そんなとき、この兄さんに会った」

雑炊売りの男は頷く。

「あのころの俺は、ふるさとから逃げてきたはいいけれど、上手くいかなくって、手持ちの金はなくなるし小汚い格好してた。そんなみすぼらしかった俺に、ニラを分けてくれたんだよな。ありがたかったぜ。神様かと思ったよ」

男は笑う。

少女はブンブンと頭を振った。

「あれは売れ残りで。ニラなんか足が速いから持って帰っても困るから、だから別によかったんですけど……」

「でも、俺は助かった。ついでにニラ雑炊の作り方も教えてくれたじゃねぇか。あんたが行く先々で紹介してくれたから、段々軌道に乗ってきて。身ぎれいにもできるようになった。そうしたら、おかげで今は大繁盛だ。ありがてえ話だよ」

雑炊売りはそう言って少女を拝む。

「田舎のニラ雑炊を売り物にできるように味付けたのは兄さんで、……人気は兄さんの力だよ」

菜売りの少女は曖昧に笑って、暗く視線を落とした。

「……でも、私はそれがなんだか嫌だった」

「嫌だった？　ニラの値段に無理をさせてたのかい？　だったら」

「そうじゃないです。そうじゃなくて。……私が勝手に嫌になった」

少女はそう言うと堰を切ったように話しはじめた。

「最初はうちのニラで雑炊作ってくれるのが嬉しかった。売れるともっと嬉しかった。だから、自分でいろんな人に兄さんのことを教えて回ってた。でもね……」

少女はいびつな顔で笑う。

「じきに嫌になった。私が一番に兄さんを見つけたのに、私が兄さんに教えたのに、みんなが自分のものみたいに兄さんのことを話すのが嫌だった。どんどん人気になって、どんどん忙しくなって、たくさんの人から付け文を貰って、いろいろなものを貰って、……ニラだって安く分けてあげる必要もなくなった。……私は貧乏だし、なんにもあげられない」

「……そんな。こんな子どもから貰えるわけなんかねぇだろ？」

男は笑った。

少女は傷ついたような表情を見せる。

「ほら、……そうでしょう?」

ふたりの男は少女の問いかけの意味がわからずに、顔を見合わす。

「だから、いやんなったんです。胸にポッカリと穴が開いてしまった。売れれば売れるほど、穴が大きくなるんです。そのうち、ニラ雑炊を褒める人、みんな嫌いになった。みんないなくなっちまえって思った。でも、そんな自分が嫌で、嫌で……」

少女の独白を男たちは黙って聞いている。

「あるとき歩き巫女の占いを聞いたんです。巫女さんは私の話を笑わないで聞いてくれた。おかしくないと言ってくれた。大丈夫だって言ってくれたんです。そして、もし淋しいのなら自分で変えていかなくちゃいけないと教えてくれたんです」

そう言って頭に被っていた鱗文様の手ぬぐいをとった。

誠吾はギクリとする。

(……鱗文様……よくある柄だが、最近目についてしかたねぇ。鎌鼬も、お鈴の親父も鱗文様の手ぬぐいで涙を拭っていたっけな)

誠吾は膨らむ疑念を胸に、少女に注視した。

「この手ぬぐいをね、私には特別にってくれた。誰にもなんとも思われない、道ばたの石ころみたいな私を『特別』だって。私ならできるって言ってくれた」

少女は手ぬぐいで顔を覆う。

「寒い朝。そんな中咲いている雪中花を見かけたんです。歩き巫女さんも言ってた。雪中花は私に力をくれるって。だから、私それを見て元気になった。黄色くて可愛くて、寒い中ひとりで咲いてるところが粋だった。それで、昔見た花嫁さんの着物の柄を思い出した。いいなって、思った。私も一度くらい綺麗な着物を着てみたいなって。でも、気がついたんです。私は、じじさまが死ぬまでこのまんまだって。毎日毎日、泥まみれで働いて、でも、最後はひとりぼっちになっちまう。死んだって誰も思い出しちゃくれないんだ」

少女は顔を上げた。

「私、黄色い花を見て思い出したんです。雪中花を食べると腹が痛くなるってじじさまが言ってたこと。あんなに可愛いのに怖いもんだと、聞いたときには思いました。それで、私はニラ雑炊が売れなくなれば、兄さんが困れば、また私を頼ってくれるんじゃないかって。兄さんの特別になれるんじゃないかって――」

少女は喉を詰まらせた。上げた瞳は真っ直ぐに雑炊売りを見つめている。

「……だから、……ニラに雪中花を混ぜたんです」

菜売りの少女の言葉を聞き、誠吾の背中にはドッと汗が噴きだした。

「なんで雪中花を？」

雑炊売りの男は意味がわからず小首をかしげる。

「雪中花は毒なんだよ」

誠吾が教えてやると、男はサッと顔を青くした。

「……なんだって……？　俺の雑炊に毒を……？」

ニラ雑炊売りの男は絶句してよろめく。

「ちょっとした気の迷いだったんです！　兄さんに売るニラに雪中花を少しだけ混ぜて、でもあとですごく後悔した。怖かった。バレたらどうなるんだろうって、そう思った。でも、なにも起こらなかった。だから、私はホッとしたんです。でも、あれくらいなら、なんでもないんだって。そして、もう絶対にやめようって思った。少し経てば思っちまうんだ。もう少し、少しだけなら大丈夫だって。前、大丈夫だったんだから、まだ大丈夫だって。そう思って、そう思ったら……」

「最近、町で噂になってた『虎狼狸』はあんただったんだな」

誠吾が言えば、菜売りの少女は手ぬぐいを握り締めて俯いた。

「……誰も、ニラ雑炊のせいだって気づかなくて、それじゃ意味なくて、早く気づいてほしくって」

「回数と量が増えてったってことか」

少女はコクンと頷いた。

男は奇妙なものでも見るような目で少女を見た。

「信じられねぇ……。じゃ、やっぱりこの人が食あたりになったのは、俺の雑炊のせいだったってわけか」

少女は許しを請うような目で男を見上げる。

「……ごめんなさい、でも、私、淋しくて」

「許されると思ってんのか！」

男は吠えた。

少女はビクリと震える。

長屋の戸の隙間から、人々がのぞき見をしている。

「俺が作ったニラ雑炊、みんな信じて金払ったんだ！　この人のは旨いって！」

「ごめんなさい！　でも、兄さんが」

少女は恋しい男にすがりつこうとする。

「俺が悪いって言うのか！」

男はその手を振り払う。菜売りの少女はドシンと尻餅をついた。先ほどまでの優しさとは正反対の雑炊売りに、唖然としたような表情だった。

少女の涙が、張りのある頬をコロコロと転がっていく。

「だってぇ」

男は怒り心頭に発したといった様子で、少女を睨めつけた。

「うるせぇ！　テメェは許さん！」

雑炊売りの男は怒鳴った。

「私は兄さんを一等好きだから」

「俺はおまえが一番嫌いだ！　反吐が出る‼」

男は叫んだ。

少女はそれを聞くと体を震わし、微笑んだ。喜んだのだ。

「でも、兄さん、これで私を忘れないね」

雑炊売りの男はゾッとして一歩さがる。

「……なんだよ、おめぇ……」

菜売りの少女は罵られてもなお恍惚として笑った。

「私、間違ってなかったんだ。兄さんが一等嫌いな女になれた。特別な女になれた」

男ふたりはその様子にたじろいだ。後悔も反省もしていない。

誠吾は動揺して少女に尋ねる。

「おまえのおじじさまが大事に育てたニラじゃねぇか……。なんでこんなことできるんだよ……」

少女は意味がわからない、というようにキョトンとしている。

「おまえだっておじじさまが大切に育ててきたんだろ？　こんなことして、……どうするんだよ……」

　涙声になる誠吾の言葉を聞いて、少女は呆然として誠吾を見上げた。

「……私が大切……？」

「あたりまえじゃあないか」

「そんなことないんです、じじさまは私のことなんか、なんとも。言葉だって乱暴で、ありがとうも言われなくって。私がなにしたって、あたりまえなんです。だから私なんていてもいなくても……」

　少女の目尻には涙が滲んでいる。

　誠吾は哀れむような目で少女を見た。

「俺は一目見てわかったよ。おまえはちゃんと育てられた子だって。朝から晩までよく働いて、そのうえよそ者に売り物を分けてやるほど優しい。そりゃあ、大切に育てられた子だからできることじゃないかい」

「違うよ。そうしなきゃ、生きていかれないから。別に優しくなんてないんです」

「奉公の口だってあっただろうに、行かずにおじじさまのそばにいてさ」

「だって、私がいなくちゃ、じじさま困るから」

「そうやって、おじじさまのことを考えてる優しい心の持ち主じゃねぇか」

「……でも、おじじさまは、別に私を大事だなんて思っちゃいないですよ」

少女は唇を噛んだ。

「そんなことないと思うぜ。雪中花が毒だって教えたのはおじじさまじゃなかったかい？　おまえが食あたりにならないように教えてくれたんだろう」

誠吾の言葉に、少女はハッとして顔を上げた。

祖父は毒として使うよう雪中花を教えたのではなかった。これから、ひとり残されるだろう少女のために、生き方を教えたのだ。

「……私……」

「なんでこんなことしちまったのか……」

誠吾は悔しい、と肺から絞りだすようにして呟いた。

「……私、なんてことを……」

少女はさめざめと泣き出した。今になって自分の罪を理解したのだ。

祖父が大切に育てたニラを貶めて、雑炊売りが丹精込めて作った雑炊を毒にした。そうして、罪のない人々を苦しめた。

「兄さん、ごめんね、許してください……」

少女は雑炊売りに繰り返し許しを請う。しかし、雑炊売りの男は無言で背を向けた。

許すことはできない、これ以上口も聞きたくない、そう背中が語っている。

少女は許されないと知り、ただただ涙を流した。

長屋の住人たちは家の中に戻ってゆく。

誠吾はなんとも言えぬ気持ちでふたりを眺めていた。

＊

誠吾は冲有の家の縁側にいた。お鈴は寺小屋に行っていて、今日は冲有とふたりきりだ。

蚊遣りから黙々と煙が伸びていた。

トラ猫はあたりまえのように誠吾の膝で寝ている。

誠吾もいつものように胸を開《はだ》けて寛いでいた。

生ぬるい夏の空気が重苦しい。

誠吾が指を折り数える。

「鉄吉、鎌鼬、そして菜売り娘……続いてみっつの鱗文様の手ぬぐいだ。すべて水縹ときた。偶然か?」

誠吾がぼやく。

冲有は考える。

(それに、鉄吉さんの根付けと、昔、誠さんを刺した浪人の短刀も鱗文様だった)

しかし、決定的な証拠はない。

「よくある柄ではありますけど。鉄吉さんと菜売りの娘さんには歩き巫女も関わっているとなれば、そのふたりは関係がありそうですね」

沖有は答える。そして、自分が昔人魚の姉さんから貰った手ぬぐいを思い出していた。

(あれも水縹の鱗文様でした)

長いこと使って藍白色にくすんでしまった手拭いだ。

(姉さんは達者でしょうか。まさか、姉さんが江戸にもどって……? いや、でも姉さんは歩き巫女じゃない。見世物小屋から出る人でもない)

遠く過去に思いを寄せていると、誠吾のため息が聞こえて我に返る。

「……結局俺にはわからねぇ」

誠吾はそう言うと、半月に切られた西瓜に顔を埋め、一気にかじる。

そして、種をプププと庭に噴きだした。

誠吾は雪中花中毒の顛末を話しに来たのだ。

沖有は聞いているのかいないのか、返事もしないで西瓜を食っている。同じくプッと種を噴きだした。

「ニラ雑炊が売れるのが嫌だったんだってよ」

ポソリ、誠吾は呟いた。

「だから雪中花を混ぜたんだと」

シャクリ、シャクリ、沖有は無言で西瓜を食む。

誠吾は菜売りの少女の顔を思い出した。自ら後悔するような行いをしたにもかかわらず、彼女は幸せそうに満たされて美しかった。

結局、菜売りの少女は江戸から離れた親類の家に預けられることになった。十五歳になっていなかったため、刑を免れられたのだ。

旅立ちの日、誠吾は見送りに行った。ニラ雑炊売りの男にも声をかけたが、男は誠吾の誘いを断った。

「顔を見たら許せねぇ」と男は苦虫をかみつぶしたように呻いた。「だが、本当は許してぇんだ」そう続けられた言葉に、誠吾は頷き言付けを預かった。

誠吾は少女が旅立つ前に、男の言葉を伝えた。

『あんたのことを信じてた』

少女はニラ雑炊売りの言葉を聞いて、さめざめと涙を流した。

ひとしきり泣くだけ泣くと、祖父と誠吾に深く頭を下げた。

「私、これからはちゃんと信じてもらえる人になります。……本当にすみませんでした」

肩を震わせむせび泣く孫娘を、祖父は固く抱きしめたのだった。

「おめぇなら、できる」

祖父はボソリと、だか、確信じみた声で言い切った。

初めて抱きしめられたのだろうか。娘は驚いたように顔を上げ、すっきりとした表情で微笑んだ。

「行って参ります」

少女はそう告げると、罪をあがなうために江戸をあとにした。

罪を犯したとはいえ、誠吾はやりきれない気持ちになる。

「もうちっと、なんとかならなかったのかね。どうしてあんなこと考えたんだ」

くすぶる心を静めるように、誠吾は西瓜にかぶりついた。

乱暴にジャクジャクと食べる。腕に赤い汁が伝う。ブブブと種を噴きだして、唇を手の甲で拭った。

「嬉しいもんじゃないのかい？　自分が見つけたもんがさ、みんなにいいって言われんのは。俺はそう思うんだよ」

誠吾は思う。だから、みんなに冲有のよいところを知ってほしい。

怖くて不気味で、捉えどころのない奇人としての冲有ではなく、猫を撫でて、甘い物を欲しがる、普通の冲有を知ってほしい。

(恐れられるんじゃなくてさ、普通に懐かれてさ、みんなと笑いあえたらいい)

冲有がそうなったらいいと、誠吾は思っている。

「さぁ、私には人の気持ちはわかりません」

自分の腕に吸い付く蚊を眺めながら、冲有は答えた。蚊の腹がまあるく膨らみ、血を吸い終えたところでパチンと叩き潰す。冲有は満足げに笑った。

誠吾は苦笑した。誠吾がどう思おうと、きっと冲有自身は他人に理解されることを望んでいないのだろう。

「ただまぁ……、そこの猫のように、独り占めしたかったんでしょう」

ここは自分の居場所だと言わんばかりに誠吾の膝の上で丸くなるトラ猫を見て、冲有は呆れたように笑った。

猫はチラリと冲有を見て、大きくあくびをする。

誠吾はそんな猫の背中をヨシヨシと撫でた。

ゴロゴロと猫の喉が鳴る。

蚊遣りの煙がたゆたっている。

「そんなもんかね」

「周りを殺せば、相手には自分しかいなくなりますからね。よそ見をすることもない」

冲有がサラリと言って、誠吾はギョッとする。

冲有はそんな誠吾の様子を気にもとめずに、西瓜にかぶりついた。唇の端から、果汁が零れる。冲有はペロリと唇を舐めた。

赤い舌先がチラリと見えて、誠吾はえもいわれぬ不安な気持ちになった。

「……沖さんは」

西瓜で潤っているはずの喉なのに、なぜか声がヒリついた。

「そう思ったことあるのかい」

他人に興味がなさそうな沖有が、誰かを独り占めしたいと思ったことはあるのだろうか。

菜売りの少女のように、何者かに執着し、すがり、あんなふうに泣き、笑ったことがあるのだろうか。

(だとしたら、なんだか嫌だな)

嫌な理由を言葉にできずにモヤモヤする。

そして、ハタと気がついた。

(あの娘も、なんだか嫌だって言ってたじゃねぇか)

菜売りの少女が雑炊売りに抱いていた感情を、自分が沖有に対して感じ愕然とする。

理解できないと思っていた少女の気持ちが、少しだけわかってしまった。同じことをしでかすのではないかと、自分自身が怖くなる。

沖有はニンマリと笑い、西瓜の種を飛ばした。

「私は人の気持ちがわからないんです。だからそんなふうに思ったことはありませんよ」

誠吾は思わずホッとした。

「だって、独り占めしたいなら、周りを殺すよりそのお人を殺したほうが簡単でしょう？　もう誰も見えなくなりますから」

続けられた冲有の言葉に、誠吾はゾッとして西瓜を落とす。

膝の上の猫に落ちる。猫はギャンと鳴いて、タシと誠吾の太ももを叩いた。

「冗談ですよ」

冲有は楽しそうにクスクスと笑った。

「な！　なんでぇ！　俺をからかったのかい！」

「ええ、そうですよ。毎度毎度、面倒ごとを持ち込んで迷惑してるんです。これくらいいいでしょう？」

いたずらっぽく覗きこむ目は、鼈甲飴のように甘そうな光を放っている。

「甘い物、持ってきたじゃねぇか」

「ええ。ごちそうさまです。次は『おはぎ』がいいですね」

冲有がシレッと言うと、誠吾はブスッと唇を尖らせた。

「彼岸まで来るなってか？」

「そうですよ。誠さんがたびたび来るようでは困ります。なにごともないのが一番です」

「なにごともなくても来てやるぜ？」

「結構です」

「次は『ところてん』にしようか」

「結構です」

「つれねぇなぁ」

「つれないですよ」

冲有はそう言って、誠吾を見た。

誠吾は、親の機嫌を伺う子犬のような目で冲有を見ている。冲有よりよっぽど背が高いのに、こういうときだけはまるで子どもだ。

冲有は、あからさまに大きく息を吐いた。

「まぁ、たまには、暇だったら相手をしてあげますよ」

冲有の答えを聞いて、誠吾は満面に笑みを浮かべ縁側に寝転がった。

「やったぜ。ここは心地がいいんだよ」

冲有はそれには答えない。

蚊遣りの煙が天井に向かって昇っていく。風がないねっとりした夏の空気だ。

冲有は団扇を使い、誠吾の膝の上のトラ猫に風を送った。

猫も誠吾も気持ちよさそうに目を閉じる。

軒先では真っ赤な鬼灯《ほおずき》がひっそりと輝いていた。

五章　人魚《にんぎょ》とおはぎ

「追い落としだ！　誰か！」

背中のほうから叫び声が聞こえて、誠吾は振り向いた。

追い落としとは、道行く人を脅したり追いかけたりして、おびえ驚かせ、落とした財布などを奪い取る盗人《ぬすっと》だ。

鱗文様の手ぬぐいを被った青年が、風呂敷を抱えて走ってくる。

その後ろでは、若い丁稚が砂まみれになりながら転んでいた。

「誰か！　あいつを捕まえてくれ！」

誠吾は咄嗟に足を出した。

鱗文様の手ぬぐいを被った青年が、誠吾の足につまずきよろめく。青年はヒョロヒョロとした体つきで、明らかに喧嘩なれしていなかった。

青年は思わず風呂敷を持つ手を弱めた。

誠吾はそのすきに風呂敷を奪い取る。

なる。


「なにしやがんで！」

「てやんでぇ！」

誠吾が男の背中を打つと、青年はそのまま地面に転がった。

誠吾は青年の背に膝をのせ押さえ込む。留紺色の着流しの裾から、太ももが露わにいる。

そこへ丁稚がやってきた。追い落としに遭い、転ばされたからか、腕をすりむいて
「お侍様、ありがとうございます。主人から預かった大事なものだったんです。本当に
助かりました」

ペコリと丁稚が頭を下げる。

「そりゃよかった。大事なものなら早く届けな。コイツの始末は俺がしておくからよ」

誠吾は青年から奪い返した風呂敷を丁稚に手渡した。

丁稚は誠吾に何度もお辞儀をしながら、使いに戻った。

誠吾は一件落着とホッと息を吐いた。

その瞬間、押さえ込んでいた青年がギリと歯を食いしばった。

「余計な真似を……！」

そう言うと、砂を掴み誠吾に投げつけた。

誠吾は思わず怯む。

押さえ込む力が弱まったすきに、青年は誠吾を払いのけた。そして懐から小刀を取り出すとめちゃくちゃに振り回す。汚れて錆《さ》び付いた小刀だった。

その一筋が、誠吾の腕をかすめた。筋肉質の腕に、薄く血がにじむ。

誠吾はヒラリと身をかわすと、青年の小手を打ち小刀を落とした。

誠吾はその小刀を蹴り、遠くへ飛ばす。

青年は必死な顔をして誠吾に組み付いてきた。

「ったく、ちっともなっちゃいねぇ」

誠吾はやれやれと、肩をすくめた。

追い落としの青年が喧嘩なれしていない様子がありありとわかったからだ。

誠吾は青年の首を両手で抱え、左足を一歩引く。青年の首を両手で押さえ込みながら押したおす。

青年は地面に仰向けに転がった。

誠吾は青年の腕を後ろに回し、横向きにして体に乗った。

ハラリと鱗文様の手ぬぐいが落ちる。

現れた顔立ちは気の弱そうな優男で、誠吾は眉を顰めた。

(追い落としをやるようには見えねぇ)

ふと、地面に落ちた手ぬぐいに目をやる。

（また、水縹の鱗文様……か）

誠吾は先の菜売りの少女のことを思い出した。

「おい、この手ぬぐいは歩き巫女に貰ったのかい？」

誠吾の問いに、青年はそっぽを向いた。

どうやら答える気はないらしい。

そうこうしているうちに、岡っ引きがやってきた。

「誠吾さん！」

「ああ、ちょうどいいとこにきた。コイツを引っ捕らえてくんねぇ。追い落としだ」

誠吾が呼び寄せると、岡っ引きは青年を縄で縛り、引っ立てていく。

ワッと歓声があがる。

「見事だねぇ」

「さすが誠さんだ。惚れ惚れするよ」

「昔っから喧嘩が強い」

誠吾を褒め称える声があたりに広がる。

誠吾は気恥ずかしくなって、鼻を擦ると逃げるようにしてその場を去った。

向かう先は冲有の家である。

（傷でもこしらえていけば、冲さんも怒らねえだろ？）

誠吾は思い、苦笑いした。

誠吾の友、蘭方医の根古屋冲有はひねくれ者なのだ。訳なく家を訪ねると、面倒だと追い返されてしまう。八丁堀に養子に行った誠吾が、あまりに神田に入り浸っていると外聞が悪いと考えているらしい。

誠吾の養父母に気を遣ってのことだろうが、誠吾は少し淋しいのだ。

そんな誠吾は口実を見つけては、彼の家を訪れていた。


「まったく、誠さんはなんで私のところへくるんです」

冲有は、誠吾の腕の傷を見て片眉をあげた。

誠吾にしたらなんてことのないかすり傷である。本来なら医者にかかるまでもない。

ただ、冲有の家に来るための言い訳なのだ。

誠吾はへへへと曖昧に笑う。

「それで、その傷はどうしたんです？」

「それがよ、さっき追い落としにあってさ」

「怖い物知らずですね。神田で誠さんを知らないなんてもぐりですか」

「いや、俺がやられたんじゃねぇよ。捕まえたんだ。そんときに、小刀を振り回しやがってよ。喧嘩なれしてねぇヤツが、なんで追い落としなんか」

誠吾は肩をすくめる。

「喧嘩なれしてなかったんですか？」

「ああ、ヒョロッとした……あいつはたぶんなんかの職人だろうな。懐に持ってた小刀が錆びちまっててよ、仕事がなくなっちまったんだか」

「は⁉」

「だから」

「さっさと、井戸へ行きますよ‼」

「っ？　おい、冲さん」

「グズグズしない！　錆びた刃物で怪我なんて、死にたいんですか‼」

冲有は血相を変えて、誠吾を井戸まで引っ張っていき、綺麗な水で傷口を丁寧に洗った。

そうして、誠吾を屋敷まで引っ張って帰ると、阿刺吉酒の含まれた綿で消毒する。

「いてて、しみる、しみるよ、冲さん」

「大袈裟なんですよ。酒の痛みなんて刃傷に比べればなんてことありません」

窘めると、冲有は力いっぱい誠吾の傷に綿を押しつけた。

「だから、痛いって！」

「優しくしてほしいんなら、八丁堀のお屋敷で手当を受けてください」

冲有は冷たく言い放つ。

「ひでぇや、冲さん。俺は冲さんに会いたくてよ。ちょうど怪我したから、こりゃ渡りに舟だって」

「馬鹿ですか！　私に会うために怪我するなんて許しませんよ！」

冲有が珍しく怒鳴り、誠吾は驚いた。

「だってよ、冲さん、なんの用事もなくてくれば邪険にするじゃぁねぇか」

上目遣いで誠吾に言われ、冲有はウッと言葉を呑んだ。

「そんなことありませんよ。先生だって、誠吾さんがいらっしゃるのを楽しみにしておいでです」

お鈴は笑いながら、ふたりを取りなす。

トラ猫がやってきて、誠吾の膝に顎を乗せた。

「お鈴ちゃん、それは思い違いです。私は迷惑してるんです」

冲有が不愉快そうに答えると、お鈴は小首をかしげた。

「そうですか？　なら、誠吾さんはまた怪我をしちゃうかもしれませんね」

誠吾はションボリとして冲有を見上げている。

トラ猫は不服そうに唸り声をあげた。

「ああ、もう、わかりましたよ。そういうことにしておきましょう。甘い物を持ってくる誠さんのことは楽しみにしてますから」

「そりゃ、俺じゃなくて甘味だろ？」

「だから、怪我なんぞ作らずに、甘い物を持ってくればいいんです」

冲有は吐き捨てつつ、丁寧に包帯を巻く。

そんな言葉と行動がチグハグな冲有をお鈴は微笑ましく思う。

「さあ、終わりです。とっとと帰りなさい」

そう言って立ち上がろうとする冲有の裾を誠吾が押さえる。

「……誠さん、なんのつもりです？」

「冲さん、ちょっと話を聞いてくれよ」

「嫌ですよ。甘い物もないのに苦い話など聞きたくないですね」

冲有が眉を顰めると、お鈴が冲有の前に茶とおはぎを置いた。

「さっき、大家さんからいただいたおはぎです。萩《はぎ》の花が咲きはじめたからって」

お鈴はニッコリと笑う。

「……お鈴ちゃんは、誠さんの味方なんですか？」

冲有が咎めるように言うと、お鈴はクスクスと笑う。

「まさか、私はいつでも先生の味方です」

お鈴は軽やかに答えた。

冲有は小さくため息をつき、茶碗を手に取る。猫舌の彼はフウフウと息を吹きかけた。

そうして、チロリと誠吾を見た。

冲有は、話の先を促しているのだ。

誠吾は子犬が喜ぶように、顔を明るくした。

「ここんとこ、追い落としが流行っててよ。この傷もソイツにつけられたんだが、今月だけで三件目だ」

「物騒ですね」

「ああ、だけど変なんだよ。しっくりこねぇ」

「なにがです？」

「みんな、素人なんだよ」

「追い落としの玄人がそこら中にいたら困りますけどね」

冲有は皮肉を言いながら、おはぎをつまんだ。

「そりゃそうなんだけどよ。そうじゃあねぇ。なんていうかさ、喧嘩もしたことねぇような感じでよぉ」

「ああ……そういう……」

「追い落としは死罪だぜ？　それを白昼堂々とさ、なんていうか……魔が差したというのとはちょっと違う」

「雑、なんですね？」

「ああ、ああ！　そうだ。雑なんだよ。今日のヤツも、危ない橋なんか渡るより、コツコツ働いたほうがいいじゃねぇか」

誠吾がぼやく。

沖有は肩をすくめた。

「そんな易しいこともわからなくなるときがあるんですよ」

「……ああ、そうだ。そうなんだけどよ……少しひっかかってよ」

「なんです？」

「さっきの追い落とし、鱗文様の手ぬぐいを被ってたんだよ。水縹色だ」

誠吾の言葉に、お鈴がピクリと反応した。

同じ手ぬぐいを持っていた自身の父のことを思い出しているのだ。自身の家に火を付けて、親を殺した男だ。

お鈴もそのとき大火傷を負い、その傷痕は一生消えないと言われている。

「おとっさん……」

ポツリ、お鈴が呟くと、白猫が彼女の膝元にやってきて、撫でてほしいとコロリと転がる。

お鈴は猫に望むがまま、その腹を撫でまわす。

「そういえば、菜売りの娘も」

冲有と誠吾は視線を交わし頷いた。

「鎌鼬もだ」

（そして、冲さんも出会ったときは鱗文様の手ぬぐいを被ってた）

誠吾は思いつつ、それは言葉に出さなかった。冲有の手ぬぐいの色は水縹ではなかったこともあり、偶然だろうと思ったのだ。

その証拠に、冲有はなんの罪も犯していない。

冲有は無表情で、お鈴に撫でられる白猫を見つめている。

きっとなにかを考えているのだ。

表情を失った冲有を見ると、誠吾は少し怖くなる。出会ったころのなにを考えているかがわからなかった冲有を思い出すのだ。

（まさか……俺が知らないだけで、冲さんも？）

そんな疑いが脳裏によぎり、誠吾はブンブンと頭を振った。

「お鈴ちゃん、舟木屋に行ってくず餅をみっつ、買ってきてください」

冲有が頼むと、お鈴はすっくと立ち上がり、元気よく「いってきます」と出て行った。

「ありゃ、空元気だぜ」

「そうでしょうね」

誠吾が言い、冲有が答える。

「でもよ、冲さん。舟木屋はここからは遠いじゃねぇか。お鈴ちゃんに行かせるには酷じゃねぇか」

「話を聞かせるほうが酷かと思いますけどね」

冲有がそう告げ、誠吾は合点した。

冲有の優しさはわかりにくい。父が犯した罪に関わるだろう話をお鈴に聞かせたくないと、冲有は考えたのだ。

「もしかして、冲さんは偶然じゃないと思ってるのかい?」

冲有はニタリと笑った。

「偶然……だと思いたいですね」

冲有の一言に、誠吾の背筋が伸びる。

「偶然じゃねぇって話しぶりだな」

「そう思ってるのは誠さんでしょう?」

はぐらかすように問われ、誠吾はムッとする。

「ああ、俺は疑ってるよ。さっきの追い落としも、菜売りの娘もそうだ。罪を犯すようには見えねぇ。鎌鼬やお鈴の親父は……、まぁ、なんとも言えねぇが。……なにかきっかけがあったんじゃねぇかって、な」

　沖有はお茶をすすった。

「それが、鱗文様の手ぬぐいだと？」

「ああ、追い落としの話は聞けなかったが、あいつから話が聞ければ違うんじゃねぇか」

「たった、ふたつみっつの偶然ではあまりに早合点とは思いませんか？」

　沖有に指摘され、誠吾は頷く。

「ああ。だから、当たってみようと思ってる。鱗文様の手ぬぐいを持った罪人がほかにいないかってね」

　誠吾の言葉に沖有は無表情だ。誠吾は不安になる。

　沖有はいつだって誠吾の先を読んでいるのだ。

「なぁ、沖さんは反対かい？」

　誠吾に問われ、沖有は困ったように眉根を寄せた。

「別に反対などしませんよ。ただね……」

　そう言うと、沖有は湯呑みを置いた。

「お鈴ちゃんはどう思うでしょう。鉄吉が、誰かにそそのかされて火を付けたなら」

　誠吾も口を噤んだ。

　鉄吉の火付けが、自発的なものでなかったら。

たしかに、そそのかされたという言い訳で許されるものではない。しかし、罰せられるべきは、鉄吉だけなのだろうか。教唆した者にも罪があるとは言えないか。罪の所在が別にあったとしても、亡くなった者はもう帰らない。祖父母も、父も。

「知りたくねぇかもしれねぇな。わかったとしても、どうにもならねぇからよ」

誠吾は絞り出すように呟いた。

＊

誠吾は、最近の追い落としについて調べてみた。

すると、無頼者に交じって、誠吾が捕まえたような素人がチラホラいる。

やはり、雑な犯行で捕らえられやすいのだ。

そして、犯行時に水縹色で染められた鱗文様の手ぬぐいを身に着けている。

しかし出所を尋ねても、曖昧としてわからない。

また、賭け事に熱中し、身を持ち崩した者が多かった。

「そういや、鉄吉もそうだったよな。でも、菜売りの娘は金に困ってはいなかった。……やっぱりたまたまなのかねぇ」

誠吾は唸る。

「そういや、菜売りの娘は手ぬぐいを貰ったって言ってなかったか？」

記憶の糸を手繰り寄せ、誠吾は思い出す。

「たしか、歩き巫女から貰ったって」

菜売りの少女は、歩き巫女の占いに励まされたようだった。そして、手ぬぐいを『特別だから』と貰ったと聞いた。

「歩き巫女か……」

誠吾は記憶の糸を引っ張ってみる。

「そういや、鉄吉は歩き巫女から根付けを買ったって……」

誠吾は思い出す。それから運がついてきたと言っていた。

「……占いをする歩き巫女か……いや、でも、ニラに雪中花を混ぜろと命じたわけじゃあないしなぁ……そもそも、盗みとは違う……」

誠吾は思いつつ、鱗文様の手ぬぐいの出所を探ることにした。

誠吾は水茶屋『湊屋《みなとや》』にいた。浮世絵にもなった人気の看板娘『お灯《てい》』がいる店だ。

相変わらず賑やかに人が集まっている。

「あら、誠吾さん、このあいだの大立ち回りは見事だったたってね。読売で読んだよ。あたしもこの目で見たかった」

水茶屋の看板娘お灯は色っぽい流し目を誠吾に送る。

誠吾はその視線の熱には気がつかない。彼は恋愛の機微には疎いのである。

「いや、いつもの喧嘩さ、たいしたことねぇよ」

誠吾が軽く笑う。

「でも、無頼の大男だったんでしょう?」

お灯が小首をかしげ、怖い怖いと続ける。

「読売は大袈裟だからなぁ。そんなことねぇよ。この先の裏長屋に住む竹細工職人だった」

誠吾の答えに、店に集まる客たちが驚いたように声をあげた。

「まさか、市介《いちすけ》が?」

誠吾はその声に頷く。

「あんなヒョロッとした子がねぇ……」

意外そうに客たちは話し出す。

「信じられねぇって感じだな」

誠吾が水を向けると、客たちは口々に話し出す。

「いや、真面目な男だったよ。おかみさんがちょこっと体が弱くてね、薬を買ってやるんだと仕事に精を出してた」

「そういや、近頃はあまり長屋で竹を扱ってなかったな」

「なにやら、割のいい仕事を見つけたとかなんとか」

噂話に花が咲く。

「割のいい仕事？」

誠吾が問えば、客のひとりは笑った。

「ああ、詳しくは知らねぇが、通いの仕事で家を空けてた。薬を買ってやれるって喜んでたよ」

「そんなヤツがなんで……」

誠吾は首をひねる。

「やっぱり、おかみさんが逝っちまったのがこたえたのかねぇ……」

水茶屋がしんみりとした空気に包まれた。

「おかみさんがいなくなってから、通いの仕事も辞めてずっと長屋に引きこもってると思ってたが、まさかそんなことをするなんてなぁ」

「おかみさんが亡くなってすぐ、盗みにも入られたんだろう？　嫌んなっちまったんだろうさ」

「それにしたって、そんなことするような男じゃなかった」

口々に出るのは意外だという声だ。

「占いの報《むく》いさね……」

お灯がため息交じりに呟く。

「占いの報い？　なにか知ってんのかい？」

誠吾は聞き返した。

お灯は、誠吾の視線が自分に向けられたことに満足したように微笑んだ。

「そのおかみさん、占いを信じてたみたいでね」

「占い？」

「歩き巫女さ、寝込んでばかりのおかみさんを可哀想に思ったのかね、ただで占ってくれたんだって」

「へぇ？」

誠吾は、菜売りの少女のことを思い出していた。

あの娘も、歩き巫女に占ってもらったと言っていた。

「占いどおりにしたら、市介さんが新しい仕事を見つけてきたんだって言ってたよ」

「そりゃすごい」

「お礼にいくらか包んだのか聞いたけど、包んじゃいないって言うんだよ」

お灯は声をひそめた。

「神様ってのは存外と怖いもんじゃないかい。御利益があったならお礼をするのが筋ってもんさ」

ゾッとするような艶やかな声で囁かれ、誠吾は肌が粟立《あわだ》つ。

その誠吾の動揺する様を見て、お灯は口の端を小さく上げる。

「せめて、貰った手ぬぐいのお代ぐらい払えばよかったのにね」

「……手ぬぐいを貰ったのかい」

「ええ、鱗文様の手ぬぐいさね、これを持ってるといいことあるからって、市介さんの首にかけてやってたよ。水縹色のね、どこにでもある手ぬぐいさ」

（繋がった――！）

誠吾はバッとお灯を見た。

お灯はニコリと笑い、誠吾の太ももにそっと手を置く。

「ねぇ、誠吾さん、もう一杯……」

艶っぽい声でささやきかけるお灯の手を誠吾が取る。

お灯はその力強い手にときめいて頬を赤らめた。

「ありがとう！　いい話を聞かせてくれた！」

爽やかに微笑むと、誠吾は立ち上がった。

「じゃ、邪魔したな！」

颯爽と銭を置き、水茶屋をあとにする。

お灯は苦笑いした。

「あたしを袖にするなんて、誠吾さんくらいだわ。まったくつれないお人だよ」

どんなに秋波《しゅうは》を送っても、誠吾には通じないのだ。

お灯のぼやきに、客たちがドッと笑う。

「誠吾さんは相変わらずだな」

「お灯ちゃんの色香がわからないなんてまだまだ野暮天だ」

水茶屋は笑いに包まれていた。

＊

誠吾はそれから聞き込みを重ね、鱗文様の手ぬぐいを持っていたものたちが足繁く通っていた寺に行き着いた。

誠吾はその寺へここ数日通っている。

浪人ふうに身をやつしている。古びた着流しに、浪人結びだ。

いつものようにあたりの様子を見て歩いていると、ひとりの浪人が通りすぎてゆく。

月代は伸びきっているが、大刀を腰に一本差している。肩には雑に鱗文様の手ぬぐいをかけていた。この手ぬぐいも水縹色だ。

誠吾はその浪人に見覚えがあった。

（あれは、一宮《いちのみや》先生じゃねぇか）

誠吾は反射的に身を隠した。

その浪人は、一宮義照《よしてる》といった。居合術師範の息子で師範代でもあり、周囲からは先生と呼ばれていた。一宮の父は小普請《こぶしん》で、誠吾の父と趣味の仲間だったのだ。

誠吾は幼いころ、父に連れられ、何度か一宮の家へ行ったことがあった。

そのとき、一宮は黙々と剣術の鍛錬に励んでいた。のぞき見している誠吾を追い払うことなく、呼び寄せてくれた。そして、一宮の妹しのぶと並んで、居合術を見たことを思い出す。

懐かしい思い出である。

（真面目なお人だったはず、それがどうして……）

誠吾は思いつつ、あとをつけた。

一宮が入っていったのは、寺の裏手にある元小料理屋だった。『椿《つばき》』という名前だったのだろう。朽ちた看板が立てかけられている。表は閉じられ、裏から入る。

中は賭場《とば》となっていた。

誠吾が驚いていると、一宮は音もなく消えていた。

（先生はここで用心棒をなさっているのか）

誠吾は承知し、あたりを見回した。

板の間には、盆茣蓙《ぼんござ》が敷かれていた。どうやら、半丁博打《はんちょうばくち》をしているらしい。賭け事を取り仕切るのは中盆《なかぼん》と呼ばれる進行役だ。

「はい、ツボ。ツボを被せます」

中盆が声を張る。

股引も露わに立膝の姿勢をとるツボ振りは、竹笊《たけざる》でできたツボにサイコロをふたつ入れ、盆茣蓙の上に伏せた。左手の指を大きく開いて、手のひらを客たちに見せた。

そうして、ツボを伏せたまま、盆茣蓙の上を三往復させる。

「どっちも、どっちも！」

中盆が声をあげると、客たちが銭を置いていく。

「丁だ、丁！」

叫びつつ、中盆側に銭を置く客。

「俺は半だ！」

逆側に銭を置く客。

「半方、ないか、ないか！　ないか半方！　……コマがそろいました」

客たちはギラギラした目で、ツボを睨んでいる。

中盆が周囲を見回して、ツボ振りに視線を送る。

「勝負」

中盆の声と同時に、ツボ振りがツボを開くと、ワッと歓声が沸きあがる。

「やった！　半だ！　グシの半‼」

そう言って、男は鱗文様の手ぬぐいを振り回した。

どうやら勝ったらしい。

ジャラジャラと銭の音がして、負けた者の銭が勝ったもののほうに移動した。

鱗文様の手ぬぐいを持った男が、次々と当てていく。はじめは緊張していた男の顔が、ドンドン明るくなっていく。

「あの男、先に来たときも勝ってなかったか？」

「神仏のご加護でもあるのかね」

囁きあう声が聞こえ、男は有頂天になっていく。

（それにしたって、いやに当たりすぎやしねえか？）

誠吾は思い、空いた席に入り寺銭《てらせん》を払う。

中盆とツボ振りはチラリと誠吾を見た。

誠吾はなに食わぬ顔で、ツボを見る。

中盆とツボ振りは、なにかを目で合図した。

そして、また勝負がはじまる。喧噪に包まれる。

誠吾はまず、鱗文様の手ぬぐいを持った男とは逆に賭けた。すると負ける。

次に男と同じほうに賭ける。すると勝つ。

そんなことを繰り返し、誠吾は確信した。

(こりゃ、いかさまだな)

誠吾はそう思い、最後に種銭を男と逆に張り、思ったとおり負ける。

「負けた負けた、今日はここまでだ」

誠吾は負け犬を装って場から離れた。

今調べているのは賭場ではない。鱗文様の手ぬぐいについてだ。ここに深入りすべきではないと思ったのだ。

グルリと中を見回すが、一宮の姿は見えなかった。

しかし、わからない。

(鱗文様の男を勝たせる意味はどこにあるんだ?)

そう思いつつ場を後にしようとした瞬間、背中のほうがドッと沸く。

誠吾は驚いて振り向いた。

鱗文様の手ぬぐいを握り締め、男の顔が蒼白になっていた。

男は調子に乗ってすべてを賭け、負けたのだった。

（……これが勝たせる意味か。あの鱗文様の手ぬぐいはカモの印って訳だ。胸くそ悪ぃ）

この賭場自体がお上《かみ》には認められていない。賭けるヤツもたしかに悪い。だからといって、金をむしり取るのはいかがなものか。

（しかし、あんなに見事にいかさまができるもんかね。ツボになにか細工でも――）

考えて結びつく。

（そういや、追い落としをした市介は竹細工職人だったはずだ。割のいい仕事って、これだったのか）

鱗文様の手ぬぐいを持った職人、浪人、そしてカモにされた男。

それらがひとつの場に集まった。

誠吾は思う。

（こりゃたまたまってわけじゃなさそうだ）

（しかし、まだわからねぇ。どうしてこの男たちに手ぬぐいが渡ったんだ？）

誠吾は首をひねる。

竹細工職人の市介の持っていた手ぬぐいは、もともと女房の持ち物だったのだ。市介が貰ったわけではない。

誠吾は頭を悩ませつつ、冲有のもとへと向かった。

考えを整理するには、冲有に話を聞いてもらうのが一番いい。なにかよい手がかりを導き出してくれるはずだ。
「さて、明日にでも菓子を買ってから向かうかね。手ぶらで行くとうるさいからなぁ」
誠吾はぼやく。しかし、口元は緩んでいる。
なんだかんだ言いながらも、冲有の喜ぶ菓子を見繕うのは楽しみのひとつでもあった。
誠吾は来たときと同じように寺の中を歩いて行く。
その後ろを歩き巫女が横切っていった。

＊

誠吾は最近できた店の鶉餅《うずらもち》を持ってきていた。
塩餡を包んだ餅に、ケシの実をまぶし、鶉のようにコロンと丸めた菓子である。
誠吾の前にはお茶が用意されていた。
菓子を持ってきたおかげで、お鈴がいなくても追い出されずにすんだのだ。
お鈴は寺小屋に行っている。
「で、誠さんは鱗文様の手ぬぐいの出どころを探していると」
冲有が話の先を促した。
誠吾は冲有に今までの話を聞かせていたのだ。

「冲さんにも心当たりがないかと思ってね。昔、鱗文様の手ぬぐいを持っていただろう……？　あれは水縹と言うより藍白だったが」

誠吾はオズオズと控えめに聞いた。

鱗文様の手ぬぐいと冲有の関係について、誠吾も少し悩んだ。しかし、聞きもせずに疑うのは自分らしくない、と思ったのだ。

誠吾に問われて、冲有は口を噤んだ。冲有の手ぬぐいも貰ったときの色は水縹だった。使い古して色があせただけだったのだ。

だが、それを誠吾には言えずに、曖昧に話を逸らす。

「懐かしい話です。たしかに私も持っていましたね。猫に取られてしまいましたが」

冲有がそう答えると、犯人の白い猫がやってきて彼の背中に尻をつけた。

「あれは見世物小屋の人魚の姉さんから貰ったんですよ。予言を受けたお客に渡すものでした」

冲有は答えてから茶をすすった。

（懐かしい話です。ずっと髪を隠してくれて、ずいぶんとあの手ぬぐいには救われました。それも、誠さんに会っていらなくなりましたが……）

冲有は思わず髪をつまんだ。変わらず唐茶色のうねった髪だ。しかし、今ではそれを恥ずかしいとは思わない。

誠吾に言われ手ぬぐいを外すようにしたところ、美しい顔が評判になり、誰も髪には気をとめなかったのだ。

「予言……これも占いか」

誠吾がボソリと零し、冲有は思い出の縁から引き戻された。

「ああ、そういえば竹細工のおかみさんも占いでもらったと言っていたんですよね？」

「そうさ、それに菜売りの娘もな」

誠吾と冲有は顔を見合わせた。

「でも、まさか、姉さんが……」

冲有は呟く。

「どこにいるかわかるかい？」

「さぁ。もしかしたら江戸に戻ってきているのかもしれないですが、でも、姉さんは見世物小屋から出たりしないでしょう」

「そんなもんかい？」

「ええ、『ここから出たら生きていかれない』と姉さんは言っていました」

冲有は思い出す。彼も『天狗』と呼ばれていたころは、その言葉を鵜呑みにしていた。

しかし、違った。

（こうやって今も生きている。あのころよりもずっと幸せに……あんな思い込みさえな

ければ、姉さんもあの地獄から抜け出せたかもしれないのに)

冲有は悲しく思う。

「そうか、冲さんに心当たりはねぇか。行き詰まりか……」

「歩き巫女を当たってみたらどうですか」

「歩き巫女か……見たこともない歩き巫女を探すのは至難の業だな」

誠吾は苦笑いする。

そこへ、お鈴が帰ってきた。

「いらっしゃいませ、誠吾さん」

朗らかにお鈴が挨拶すると、誠吾は満面の笑みで片手を上げる。

「おお！　お鈴ちゃん、おけえり！」

元気いっぱいの声に、お鈴の心は浮きたった。

奥にいる冲有は相変わらず迷惑そうな顔をしている。

「早くこっちへ来て、餅を食え！」

誠吾に言われるがまま、お鈴は冲有の隣にちょこんと座る。

すると白猫がやってきて、あたりまえのようにお鈴の膝に乗った。

大きな鶉餅をお鈴は両手で掴む。

つきたての餅は軟らかく、餡がぎっしり詰まっていて重い。餅にまぶされたケシの実が、パラパラと落ち、猫が迷惑そうに顔を上げた。

お鈴は鶉餅をひとつ食べおわると、指の先までなめ取った。

満足そうに微笑む姿に、誠吾も冲有も相好《そうごう》を崩す。

お鈴がひとりいるだけで、家の中がパッと華やぐのだ。

「そうだ！　先生に文を預かっているんです」

お鈴はそう言うと、懐から文を冲有に渡した。

「なんだい、恋文かい？」

誠吾が冷やかした。

しかし、冲有は嬉しくもなんともない。奇人変人と噂される冲有だったが、治療で関わった者から恋文をもらうこともある。彼はその文を読んでも、恩義を恋と思い違いしているだけと決めつけていた。

「珍しいものじゃないでしょうに」

冲有が答えると、誠吾は悔しそうに睨む。

「はぁ？　恋文が珍しくないって？　冲さん本気かい？」

「誠さんだってこれくらいはもらうでしょうよ。付け届けと一緒に袖に入っているでしょう？」

さも当然という顔をして冲有が答えた。

「……ないね」

「はい？」

「俺は、ない！」

憮然とした様子で、誠吾が答える。

「なんで冲さんばかり……」

ぼやく誠吾を見て冲有は呆れた。

（誠さんに気がある女子《おなご》はたくさんいるのに、あれだけ気のないそぶりをしてたら恋文も送れないのでしょうね……）

喧嘩が強く、気っぷもいい。誰もが憧れる与力の見習いだ。しかし、誠吾は色恋沙汰には疎かった。髪結いの美人がどんなに秋波を送っても、まったく気のないそぶりの男である。浮世絵にもなる水茶屋の娘にすら、表情を変えないのだ。

そこらの町娘など目にも入らぬと思われているのだろう。憧れの的として誠吾を思っても、それ以上には思わないよう踏みとどまっている娘たちが多いのだ。

（でも、それを教えてやるのは、野暮天だ）

冲有は内心でそう思い、黙って文を開いた。若い黒猫がそっと膝に乗ってくる。

「……誠さん。……これは恋文ではなさそうですよ」

冲有は文を板の間に広げて見せる。

それは座頭暦《ざとうごよみ》〔絵と記号のみで表した暦〕であった。

「天狗の絵……」

お鈴が呟き、冲有は唇を噛んだ。

座頭暦の右下には、松の木にかけられた天狗の絵が描かれている。

これはまさしく、冲有の過去を知っている者からの文である。

左下には鱗文様がしたためられていた。

「こりゃ、……歩き巫女はその……」

「人魚の姉さんかもしれません」

誠吾の問いに、冲有が答える。

「お鈴ちゃん、これをくれたのはどんな人でしたか？」

「寺子屋に通ってる子です。通りがかりの兄さんから、お駄賃貰って預かったって」

お鈴は困惑する。

「それじゃあ、わかりませんね」

「ごめんなさい」

「お鈴ちゃんが気にすることはないですよ」

冲有は笑う。

「とりあえず、どういう意味か考えるか」

誠吾と冲有は、額を付き合わせてジッと座頭暦を覗きこんだ。

天狗の絵の下には、白抜きで漢字の『田』と手の絵が描いてある。

「たすけて……でしょうか。それにしても、なにを助ければいいのやら……」

冲有が眉を顰めた。

座頭暦のところどころに、手書きの絵などが描き入れてある。これがきっと暗号なのだろう。

二百文と砥石、それと蚊の絵が描かれた欄に、梅の絵が描き加えられている。

「二百十日〔九月二日〕に梅の絵か。どういう意味だ？」

誠吾が唸る。

「入梅……でしょうか？」

お鈴が答える。

「入梅……荷奪い……」

冲有が呟き、誠吾がバッと顔を上げる。

「二百十日に荷奪い……盗みに入るってことか！」

「きっとそれを止めてほしくて、文をくださったんですね」

お鈴がパアッと顔を明るくする。

「日付がわかっても、場所がなぁ……」

誠吾は判じ絵をマジマジと見た。

「これか！」

鱗文様の上には、椿の花が描かれていた。

「『椿』……博打をやってる元小料理屋の名だ」

誠吾はポンと膝を打った。

「やっぱりあそこが根城だったんだな！」

「鶏の絵の横に鐘の絵が描かれてます！」

お鈴が瞳を輝かせて指摘する。

「鐘、時の鐘……酉《とり》の刻〔午後五時〜七時〕に小料理屋に集まるってことか！」

「わざわざ教えてくれるだなんて、いい人ですね。こんなふうに謎かけにするなんて、きっと見つかったら酷い仕打ちを受けるんでしょうに」

お鈴が心配そうに誠吾を見た。

誠吾も頷く。

「きっと、これ以上悪いことをさせたくなかったんだろうな。それにしても、ありがてえ、さっそく岡っ引きに入ってもらおう」

誠吾は立ち上がる。

「冲さん、この座頭暦は貰ってってていいかい」

「かまいませんが……」

冲有が答えると、誠吾は座頭暦を持って帰って行った。

冲有はひとつため息をつく。

「慌ただしい人ですね」

そのぼやきにお鈴は笑う。

冲有は鬱々とした思いで、黒猫を撫でた。

（本当に人魚の姉さんなんでしょうか……あの見世物小屋が江戸に戻ってきたんでしょうか？　それとも、姉さんの年季が明けた？　どうして姉さんは私がここにいるって知っている？）

考えてもわからずに、座頭暦を思い出す。

（松にかけられた天狗の面。あれはただの宛名だったんでしょうか……）

冲有は考える。

（なにか別の意味がありそうな）

「先生？」

お鈴に呼ばれ、冲有はハッとする。

お鈴は不思議そうな顔をして、冲有を見ていた。

「お鈴ちゃん、すいません。さっきの座頭暦を覚えていますか？」

「では、こちらに同じ座頭暦があるので、同じように書き入れてくれませんか？」

「はい！」

冲有が言うと、お鈴は元気いっぱいに返事をする。

お鈴は見たものを見たままに記憶することができるのだ。なんなく、手元の座頭暦に
スラスラと先ほどと同じ絵を描き込んでゆく。

（やっぱり……）

お鈴が作り上げた座頭暦を見て、冲有は頷いた。

「さすがですね、お鈴ちゃん」

冲有が笑うと、お鈴は照れたように鼻を擦った。

そのせいで、鼻先が墨で汚れる。

「お鈴ちゃん、鼻が黒く汚れてしまいましたよ」

冲有の言葉に、お鈴は慌てて鼻を擦る。しかし墨は広がるばかりだ。

すると、白猫がひと鳴きし、伸びをして、お鈴の鼻先の墨をなめ取った。

「くすぐったぁい」

お鈴が笑う。

冲有も頬を綻ばせた。

＊

与力、犬飼信二郎は鞘の抜かれた槍《やり》を持ち、戸口に立っていた。陣笠《じんがさ》をかぶり、火事羽織《ばおり》に野袴《のばかま》姿である。

二百十日、酉の刻が迫ってきていた。だんだんと日が落ちてくる。荒れそうな予兆がする黒い雲。しかし、不気味なほどに風がない。晩夏の暑い空気が煮こごりのようにドロリとしていた。

嵐の前の静けさだ。

誠吾の持ち込んだ座頭暦をもとに、岡っ引きたちが元小料理屋『椿』を内偵し、ここが押し込み強盗の根城だと突き止めたのだ。

犬飼信二郎の後ろには、十手を持った同心たちが控えている。

麻で裏打ちした鎖帷子《くさりかたびら》を着こみ、鎖の入ったはちまきを結んでいる。白木綿《しろもめん》の襷《たすき》を掛け、じんじん端折りをし、股引を穿いている。

小手と脛当《すねあて》を着け、刃挽《はびき》の長脇差を一本だけ差していた。

これから、元小料理屋『椿』に討ち入りしようというところである。

誠吾は与力見習いとして、少し距離を置き様子を窺っていた。

捕り物は同心にとって大切な手柄になる。それを横取りするわけにはいかないのだ。

ヒリついた空気に、緊張感が漂う。

「かかれ！」

信二郎が命じると、同心たちが戸を破り元屋敷へと押し入る。

ワッと喚声が上がり、ドタバタと逃げ惑う足音が響く。

「お縄になれ！」

「てやんでぇ！」

十手が高い音を立て、抜刀された気配を感じる。

誠吾は咄嗟に剣に手をかけ、一歩踏み出そうとした。

その姿を、養父の信二郎が流し目で見る。

誠吾はその視線に気づき、体を押しとどめた。

与力の仕事は検使だからである。捕り物の主役は同心なのだ。

転げるようにして元小料理屋から出てきた男はドスを持っていた。下手人一味のひとりなのだろう。同心のひとりが追う。

刃挽刀でドスを打ち落とそうとした瞬間、同心の背中に鱗文様の手ぬぐいを頬被りした浪人が忍び寄った。

一宮義照である。

キラリと刀が光る。

誠吾は、スルリと同心の背に回り、その刀を受ける。刀と刀がぶつかり合う甲高い音が夕焼けに響いた。

誠吾は浪人の刀を打ち返しつつ、呼びかける。

「先生！」

一宮は誠吾を見て、ハッと息を呑んだ。

「誠吾か」

「なんだって、こんな……！」

誠吾が切ない目を向ければ、一宮は濁った視線で返した。

「おまえにはわかるまい」

重い一振りが誠吾に向かう。

誠吾は必死にそれを打ち返す。

「やめてください、先生！　今なら……まだ」

「間に合いはしない」

一宮は一刀両断に言い切った。

「すべて終わらせ、しのぶを取り返すのだ。死ね」

「しのぶさんがどうなさったんですか」

「苦界に身を沈めた」

しのぶは一宮の妹だ。彼女は遊女として売られたのだ。その妹を救うため、一宮は割のいい剣客を引き受けた。

誠吾は唇を固く噛む。誠吾でも同じ状況なら、同じ道を選んだかもしれない。

一宮は息つく間もなく、刀を繰り出してくる。

スッと、誠吾の頬を熱い空気が横切った。ツッと鮮血が流れる。
（クソ）
誠吾は刀を緩く握り直した。

（先生の気持ちはわかる。でも、こうなったら目を瞑るわけにはいかねぇ。それに、手を抜ける相手じゃねぇ！）

本気を出さなければ、死ぬのは自分だ。

一歩踏み込み、一宮の鍔元《つばもと》近くを狙い、刀を巻き落とす。カラリと一宮の刀が落ちた瞬間、胴を峰《みね》打ちした。

一宮は嘔吐《えず》いて、その場に倒れ込む。

「なぜ切らぬ！」

一宮は吠えた。

それを同心が取り押さえる。

次々と下手人たちが同心や小者たちに召し捕られていく。

「……先生……」

「情けは無用ぞ！」

誠吾は全身がビリビリするような声に気圧《けお》された。

「情けなどかけたつもりはございませぬ。……先生は騙され、巻き込まれただけだ。そうですよね？」

誠吾が同意を求めるように問いかけると、窘める声が響いた。

「誠吾」

信二郎が、苦い顔で誠吾を見ている。

そこで、誠吾はハッとした。与力見習いの自分がですぎた真似をしたと気がついた。討ち入りの手柄は同心のものであるべきなのだ。

誠吾はペコリと会釈して、逃げるようにその場を離れた。

一方沖有は、浅草の御厩河岸に来ていた。二百十日の酉の刻である。

誠吾たちは、元小料理屋『椿』に捕り物へ向かっている。

しかし、沖有はひとり川岸に来ていた。

誠吾が帰ったあと、沖有はお鈴が再現してくれた座頭暦を見ていた。

そして、ふと気がついた。

馬の絵の脇に松が描かれている。冲有を差す天狗の面の横にも松の絵は描かれていた。

（きっと、これは私だけに向けた謎かけでしょうね……馬で待つ、御厩河岸のことでしょう。そして時間は、酉の刻……逢魔《おうま》が刻〔午後六時ごろ〕）

ここは、冲有が子どものころに捨てられた川岸である。人魚の姉さんと別れた場所でもあった。

（もし、助けて、が反対の意味ならば……）

冲有は思う。

そこへ、外法箱《げほうばこ》〔巫女が信じる神仏などを入れた木箱〕を背負った年増の巫女がひとりやってきた。

萩の花が静かに揺れている。臙脂鼠色《えんじねずいろ》の地に青海波《せいがいは》が入った小袖姿だ。

川の水面は不穏なほど凪いでいる。

「巫女の口ききなさらんかー。巫女の口ききなさらんか」

歩き巫女である。白い脚絆《きゃはん》が萩を押し分けた。紅紫色《こうしいろ》の小花がホロホロと零れる。

澄んだ懐かしい声に、冲有は息を呑んだ。

「人魚の姉さん……」

歩き巫女は冲有を見て、ニコリと笑った。

「明日は颶風《ぐふう》だ」

歩き巫女は、明日は颶風――台風が来ると予言した。

その人はやはり、冲有に鱗文様の手ぬぐいをくれた人魚の姉さんだった。

しかし、記憶のなかの姿より、ずっとすごみがあった。乱れた髪が一筋、赤い紅に張り付いていて艶めかしい。本来の年齢を感じさせない色香は、妖のようでもある。吉原に売られていたら人気の花魁となりえた美しさだ。

「天狗、生きていてよかったよ」

「姉さんはどうして」

「あれからね、あの見世物小屋はおっ潰れちまったんだよ。それでアタシらバケモノはお払い箱さ。見世物小屋の主人も死んだ」

歩き巫女はそう笑った。

「全部、あのガキのせいさ」

そう言って笑う瞳の闇は昏く、冲有はまたもや息を呑んだ。

「まさか、誠さんを」

バッと、引き返そうとする冲有の手を、歩き巫女が掴む。

手甲《てっこう》を着けた手は、一見しただけでは普通の人と変わらない。

しかし、あのころと同じくヒンヤリと湿っていた。

「なにもしやしないさ、アタシはここにいるんだから。まぁ、天狗がそっちへ向かうなら、アタシも椿に行こうかな」

歩き巫女が笑った。

沖有は足を止める。

歩き巫女を椿に行かせてはならないと思った。

(きっとよくないことが起こる)

沖有は歩き巫女と向き合った。

「姉さんはなんで、私をここへ」

「天狗がちっとも気づいてくれないから、恋文なんて送っちまった」

フフフと歩き巫女は満足げに微笑んだ。

「ねぇ、天狗、あの手ぬぐいはどうしたの。アタシのこと忘れちゃったの?」

昏い昏い瞳が、沖有を見つめる。

奈落から手招きをされているような気分になる。

「あの鱗文様の手ぬぐいは……占いは、姉さんが? 竹細工職人だけじゃなく……菜売りの娘も、鎌鼬も、鉄吉も……?」

「そうさ、人魚の占いは当たるんだ」

「当たるようにしたのでしょう?」

沖有が言えば、ニヤリと笑う。

「なんで、そんな占いを」

「幸せにしてやったのさ」

「……幸せですか？」

「そうさ、あの手ぬぐいさえ持っていけば、博打は当たる、仕事も手に入る、好きな男の心に残った」

「カモの目印だったんでしょう？」

　冲有が睨みつけると、歩き巫女は肩をすくめた。

「ほどほどにね、しておけばよかったんだよ。一線を越えたのは本人さ。アタシはきっかけをあげただけさ」

「きっかけを……？」

「ああ、そうさ。博打だってね、ほどほどでやめておけば占いどおり儲かるんだ。でも、欲を出す」

　冲有はなにも言えなかった。

「うまい仕事はね、深入りしちゃいけないんだよ。でもさ、人は欲をかく。自分から深みにはまる」

「竹細工職人にツボを作らせたのも姉さんだったんですね。でも、どうやって」

「病を抱えている人はね、藁にもすがるもんなんだよ」

「やっぱり、おかみさんに吹き込んだんですね」

「嫌な言い方しないでおくれ。アタシは占っただけだよ。仕事がやってくる方角をね」

「そして、無頼の輩が竹細工職人に声をかけた」

そうかもしれないね、と歩き巫女はうそぶく。

「鉄吉の酒や酒まんじゅうは……」

「アタシはあの人が自分で食べるんだと思っていたんだよ。眠れないと言っていたから」

冲有が鋭い目を向けると、歩き巫女はニィと笑った。

「アタシはなんにもしちゃいない、なぁんにもね」

そう言われてしまってはそのとおりで、冲有はなにも言えない。

しかし、お鈴を傷付けた、その一端がこの人にあると思うと冲有は割り切れない。

俯く冲有を見て、歩き巫女はクックツと笑った。そして、懐から鱗文様の手ぬぐいを出し、パンと広げて、冲有の頭にかける。鮮やかな水縹色だ。

「なくしたならまたあげるよ」

慈愛に満ちた微笑みで、冲有の頬を撫でる。

「天狗、大きくなったねぇ」

感慨深そうな声でしみじみと呟く。その手には、水かきがあった。手甲と袖口の隙間からチラリと見えた腕は、皮を剥がした痕がある。鱗を剥がそうとしたのだろう。

痛ましいその傷痕に、冲有は胸を痛める。

「死ねなくて、よかったかい？」

歩き巫女の問いに、冲有は素直に頷いた。

「そうかい、それはよかったよ」

微笑みながら、冲有の耳元に唇を寄せた。

「アタシは死んだほうがましだった」

低く冷たい声が、冲有の心臓を刺した。サッと血の気が引く。

彼女は、鱗を剥がさなければ生きていけなかったのだ。どれほど苦痛に満ちた人生だったのか、想像に難くない。

青ざめた冲有の顔を、歩き巫女が両手で挟む。黒い瞳が、冲有の心を覗きこむように見た。

「同情してくれるのかい？　天狗は優しいねぇ。でもさぁ」

まるで闇そのもののような瞳から、冲有は目を逸らすことができない。

「忘れたわけじゃないんだろ？　人々がアタシらにしたことを。今はいいかもしれないが、なにかあれば、きっと手のひらを返すよ」

冲有の心に昏い影が落ちる。

見世物として殴られた過去は、どんなに今が幸せでもなくなったりはしない。バケモノとして親に捨てられた事実はかわらないのだ。

いつも素直になれないのは、自分の心をさらして裏切られるのが怖いからだ。

神田に居場所があるのも、師である根古屋道三が信頼されていたからだ。

道三が亡くなり、彼のことを覚えている人が減っていったら、どれだけの人が冲有を信じてくれるだろう。

事実、仕舞屋を貸している大家も年を取っている。

代が替わったあとも、冲有に貸してくれるかは現時点ではわからない。

医者として便利に使われているが、それはあくまで技術が周囲に認められただけだ。

「天狗、お医者なんだってね。あんたが治した人の中に、天狗を殴ったヤツはいなかったかい？　どうせ相手は覚えてなんかいなかったんだろう」

冲有はドキリとする。そのとおりだったからだ。

「優しくしてやったかい？　お医者様なんだ。まさか、仕返しなんてしなかっただろうね？」

歩き巫女は冲有の心を見透かした。

冲有はギクリと体をこわばらせる。たしかに冲有を殴った相手を治療したことがある。

（まっとうな医者なら弱った患者を痛めつけたりしないでしょうね。でも、私は汚いから……）

歩き巫女の言うとおり、あえて痛みの強い治療をし、法外な金額を請求してやった。やられっぱなしは嫌だった。復讐する権利があると思ったのだ。

それで気持ちが晴れたかと言えばそうではない。まだ、心の奥にくすぶっているものがある。

きっとまた、同じような人が現れたら、そうやって恨みをぶつけるだろう。

(私はそういう嫌なヤツです。誠さんのように真っ直ぐには生きられない。こんな私のひどい部分を知ったら、誠さんもお鈴も呆れるでしょう)

沖有は友を思う。眩しく真っ直ぐで、憧れ嫉妬する。

誠吾が輝くほど、自分の影が濃くなる気がする。

「医者だから、みんな慕ってくれているんだよ。天狗自身を好きなんじゃない。一度でも失敗してごらん。天狗のことを疑うよ、わざと殺したって言うだろう」

歩き巫女の言葉に、沖有は眩暈を感じた。ずっと蓋をして目を逸らしてきたことだ。

「でも、私は裏切らないよ。だって、ありのままの天狗を知っているからね。無理して人を好きになる必要はない。好かれるために無理しなくてもいい」

沖有が人として生きていくには、絶対的に優れた技術が必要だ。

しかし、沖有より素晴らしい医者が現れたら、簡単に見捨てられるだろう。

「人を恨んだままでいい。許さなくたっていい。アタシの前ならそのままでいいんだよ」

歩き巫女の言葉はいつだって甘く優しい。欲しい言葉を求めるままにくれるのだ。

（いけない……、このままじゃ、闇に呑まれる）

沖有は思う。しかし、目が離せない。

「天狗、こっちへ戻っておいで」

歩き巫女は、沖有の頬を撫でた。

沖有は目を閉じる。

（一緒に行ってしまおうか――お鈴ちゃんに、誠さんに、愛想を尽かされてしまう前に……）

そう思い、手ぬぐいに手をかけ、一歩踏み出す。


「沖さん！」


名を叫ばれて沖有は振り向いた。こんなふうに呼ぶ人はひとりしかいない。力強く真っ直ぐな声だ。

息を切らして誠吾が走ってくる。叫ばなければならないほど距離が離れているのだ。

そこで沖有は気がついた。

（そうか、私は『天狗』じゃない。『沖有』だ）

名前のなかったバケモノに、名を付け人にしてくれた師匠の道三を思い出す。

「冲さん‼　行くな！　なぁ、冲さん！」

繰り返し名を叫び、呼び止める誠吾を見て、冲有の胸に熱いものがこみ上げてくる。

（名を叫び、呼び戻してくれる人がいる）

口元が緩むのが情けなく、頬の内側を噛む。

誠吾はあれから、冲有の家に寄ったのだ。

そこでお鈴から、冲有の居場所を聞き駆けつけてきた。なにやらわからぬ胸騒ぎに突き動かされてのことだ。

冲有は、誠吾の頬の一筋の傷に気がついた。突き動かされるように、駆け寄ると手ぬぐいが河原に落ちる。

「なに怪我をしてるんですか‼　あれほど言ったじゃありませんか‼」

冲有が怒鳴る。

「……あっ」

誠吾は気まずそうに、頬を擦った。

「ほら、かがみなさい‼」

冲有に叱りつけられ、誠吾はその場に立て膝の姿勢をとった。

冲有は誠吾の頬を両手で挟むと、ためらいなく刃傷をなめた。

「っ！　ちょ！　冲さん⁉」

顔を赤らめ、誠吾は慌てふためいた。

冲有は平然として言い放った。

「とりあえずの治療です！　そんなところ、自分じゃ唾も付けられないでしょうが！」

誠吾は傷口を手で押さえ、アワアワと答える。

「あ、うん、そう、だ」

「しっかりなさい。本当に手がかかる」

冲有に叱られて、誠吾は子犬のようにションボリとした。

その様子を見て、歩き巫女は笑い声をあげた。

「邪魔者が来ちまったね」

歩き巫女の言葉に、冲有はギクリと身をすくめた。

冲有は誠吾が危害を受けるのではないかと恐れたのだ。げんに、誠吾は傷を負ってきていた。

「誠さんは、少しここで待っていてください」

誠吾が歩き巫女に近づかぬよう、釘を刺す。

「冲さん！　行かないよな？　戻ってくるよな？」

冲有は静かに笑い、歩き巫女に向かって歩いていった。

戻ってくる冲有を見て、歩き巫女の目が穏やかに凪いだ。

「天狗、さあ、行こう」

艶やかな微笑みで冲有だけをジッと見つめ、美しい声で誘《いざな》う。

誠吾にはふたりの会話は聞こえない。

冲有は落とした手ぬぐいを拾い上げ、綺麗にたたんだ。

「姉さん、ありがとう」

歩き巫女は、パッと顔を明るくした。

「でも、私は行きません」

冲有はキッパリと答え、鱗文様の手ぬぐいを返した。

歩き巫女は呆れたように肩をすくめ笑う。

「鎌鼬のときに知ったろ？　誰もあんたをかばいやしないよ。それでもここがいいのかい」

歩き巫女の言葉に、冲有はハッとした。

「……やっぱりあれも、姉さんが？」

「わからせてあげようと思ってさ」

歩き巫女は優しく微笑む。

冲有は頷き、淋しげに口元を歪めた。

「おかげさまで、よぉくわかりました」

「そうかい。なら――」

手を伸ばす歩き巫女の顔を見て、冲有はユルユルと頭を左右に振った。

冲有は思い出していた。

自身番屋から戻った日。届けられていた斧琴菊柄の木綿生地、それを仕立ててくれた長屋のおかみさん。そして、お鈴と交わした『指切り』の約束を。

「あのあと、お礼の反物を持ってきたお人も、それを浴衣に仕立ててくれたお人もいたんです」

歩き巫女は伸ばしかけた手を止めた。

「それにね、誠さんが救ってくれましたから。私はわかったんですよ。ここも、存外捨てたもんじゃないってね」

歩き巫女は空を握り、ハンと鼻で笑った。

「そうかい。またあのガキのせいかい」

冲有は静かに頷いた。

「迷惑なことにね。目を離すと危なっかしいったらありゃしません」

冲有は苦笑いをする。

「つまらないね」

歩き巫女は唇を尖らせ、手ぬぐいを受け取る。

「せめて、巫女の口きなさらんか」

歩き巫女が言い、冲有は無言で頭《かぶり》を横に振った。

「江戸を出て行くのでしょう？」

冲有が尋ねた。

歩き巫女は小さく笑った。

「どうしてそう思う？」

「『椿、葉落ちて露となる』……雪……『行き』だと思ったんですが」

「ああ、あたりだよ。やっぱり、惜しいねぇ」

歩き巫女はそのまま川に向かって歩き出した。

「見せばやな君を待つ夜の野辺の露に　枯れまく惜しく散る小萩かな」

そう和歌を繰り返し歌いながら、濡れるのもかまわず川へ入っていく。臙脂鼠の衣が濡れて、血が広がったように濃い赤が裾から上に広がってゆく。

ヒラリと手ぬぐいが川面に落ちた。まるで水を得た魚のように、波のあいだを泳いでいく。

そこへ猪牙舟が下ってきた。

船頭が歩き巫女を引き上げる。

歩き巫女の歌声が小さくなってゆく。

冲有と誠吾のふたりは、猪牙舟が見えなくなるまで見送った。

「なぁ、冲さん」

舟の影が消えたところで、誠吾が冲有に話しかける。

「あのお人は冲さんを好いていたのかい。やっぱりあれは恋文だったのかい」

誠吾が問うて、冲有は笑う。

「そんなんじゃないですよ」

「だって、あの歌で、自分のことを『冲さんに振られて散る小萩だ』って歌ってるんだろ？」

「違いますよ。あの歌は折句です。『見せばなや』から『み』を拾い、『君を待つ』から『き』を拾い……句の頭を拾って読むんです。意味は『みきのかち』」

折句とは、句の頭文字を拾って読む言葉遊びのようなものだ。

「みきのかち？」

「右の勝ち……おまえの勝ち、って意味でしょうね」

冲有が説明すると、誠吾は小首をかしげた。

「なんで、冲さんの勝ちなんだい？　あのお人が親切に押し込みの根城を教えてくれたんだろう？」

誠吾は、歩き巫女は巻き込まれただけで、罪悪感から根城を教えたのだと考えているのだ。

（でも、本当は……すべて、姉さんの手のひらの上だった。きっと、今日、誠さんに根城へ行かせたのは、誠さんを傷付けるためだ。そして、私を別の場所に呼び出したのも、互いに助けあえないようにするため）

しかし、証拠はなにもない。歩き巫女は占いをしただけで、自身はなんの罪も犯していないのだ。

冲有はなにも答えられなかった。

小萩が風になぶられ、小さく悲鳴をあげる。まるで冲有の心のように落ち着かない。

（姉さんは江戸を出て行った。私ができることはもうない）

冲有は大きく息を吐くと、頭を振って気持ちを切り替えた。

「さぁ、帰りましょうか。ちゃんと手当てをしなくちゃあいけません」

冲有はそう言うと、誠吾の背中をパンと叩いた。

*

それから数日後。誠吾はおはぎを持って冲有の家にやってきていた。

ことの顛末を話すためだ。

歩き巫女が去った翌日、予言どおり江戸は大雨と大風に見舞われた。激しい雷雨はさまざまな汚れを洗い流し、今日の空は嘘のように晴れやかだ。誠吾の膝の上には、今日もトラ猫が陣取っている。白猫は板の間で微睡みながらお鈴の帰りを待っていた。お鈴は寺小屋に行っているのだ。

冲有の脇では黒猫が帯にじゃれついている。

押し込み強盗の一味は、信二郎たちに捕らえられ、死罪と決まった。

一宮は、妹のしのぶを苦界から救い出すため、悪党一味と知りながら剣客を引き受けたらしい。

「結局、押し込み強盗の一味は引っ捕らえたが、それを入れ知恵したヤツは別みたいでさ」

「そうなんですか？」

「二回目の押し込みをしようと企んでたところだったらしい……なんというか、……素人なんだよ。親分のもとで一度目が上手くいったからって、今度はてめえらだけで二度目を……だとよ。一宮先生にしたって、深くは知らなかったようだしな。なんだか腑に落ちねぇ」

誠吾は顔をしかめた。

「はじめの押し込みにしたって、そうしなくちゃなんねぇ、そう思い込まされてたみたいなさ、……たしかに、金が欲しい、必要、そりゃわかる。だけどよ、もっと真っ当に働けばいいじゃねぇか」

誠吾はそう言って茶をすする。

「そりゃそうです。でも、ままならぬ人もいるんでしょう。そうして、そういう人に甘い言葉をかける人もいる」

沖有は名もなき人魚の姉さんを思い出した。

「……歩き巫女のことを言ってんのかい？　たしかに、一宮先生は歩き巫女に占ってもらったと言ってたが……たまたま巫女を信じたヤツらが狙われたんじゃねぇのかい？」

死罪を前にして、一宮は語った。

捕まった以上、協力するのがせめてもの償いだと考えたのだ。

「歩き巫女のことを誰も話さなかったのはなんでです？　悪党どもに口止めされていたんじゃなかったんですか？」

「いや、歩き巫女から『願ったことを人に話すと叶わなくなる』って言われたらしい」

「賢いやり方ですね。人に話せば願いが叶わなくなる。だから人には話せない。願いが叶わなくても、願いが叶わなかったことを話せば、話したせいで願いが叶わなかったことになる……」

冲有はおはぎをつまみながら、人魚の姉さんを思った。

「しかし、歩き巫女が親分てわけじゃねぇだろう」

「親分じゃあないでしょうね。でも、歩き巫女に会わなかったら、道を違えなかったんじゃないでしょうか」

誠吾は冲有をジッと見た。

「だったら、冲さんは、なんで大丈夫だったんだい」

冲有は笑う。

誠吾にはあのときの話が聞こえていなかったのだ。

冲有も気恥ずかしく、すべてを話すつもりはない。出てくるのはひねくれた言葉だけだ。

「私は別にままならぬ暮らしなどしてないですからね。金には困っていませんし、大切な者がいるわけでもない。神仏にすがるようなことはない」

「お鈴ちゃんがいるじゃねぇか」

「あの子は私がいなくても、ほかの人が大事にしてくれます」

冲有は飄々と答える。

「……そっか」

誠吾は少し淋しそうに笑った。

沖有に大切な者がいないということは、誠吾も彼にとって大切な者にはなれていないことを意味する。

（俺にとって沖さんは大事な人だけどな）

そう思っても、「俺がいる」とは言えない誠吾である。誠吾といえど、突き放されるのは怖いのだ。

「でも、そうですね、まぁ……、あのときは、誠さんに助けられました」

沖有はそっぽを向いて、小さく呟いた。

「呼び戻してくれなかったら、私は川を渡ったかもしれません」

「……そっか」

誠吾は満足げに微笑んだ。

「怪我をした誠さんをほっぽって、どこぞに行けるわけなどないでしょう？　怪我などするなと言ってるのに、あなたはまったく聞かないから」

沖有が小言を繰り出せば、誠吾は耳を押さえる。

「耳が痛いね」

誠吾は笑う。

「それを治す薬はないですよ」

「心配してくれてんだ。ありがとよ、沖さん」

誠吾が礼を言うと、冲有はおもむろに立ち上がった。

「お茶を淹れ直します」

そうして、冲有は新しい茶を淹れる。長居をしていいという合図である。

誠吾は喜んでそれを飲み、苦い顔をした。

「冲さんが淹れたお茶は苦い」

「そうですか。嫌ならとっとと帰りなさい」

「いや、それが好きだ」

誠吾が天真爛漫に笑い、冲有は照れたように咳払いをした。そうしておはぎをもうひとつ頬張る。

萩の花のような美しい紫の餡が爪の先に残った。それを、口に含んでしゃぶる。

「……そろそろ彼岸ですね」

「道三先生の墓参りにでもいこうかね……たまには一緒に」

誠吾は照れたように提案する。

冲有は意外な言葉に驚いて、目を瞬かせる。

「ほら、お鈴ちゃんも誘ってさ。団子でも食べて、見物がてらに、な。道三先生にもお鈴ちゃんを紹介しなくちゃいけねぇだろう?」

ワタワタと言い訳するように慌てる誠吾を見て、冲有の胸の内に甘いものが広がった。

口の中で溶ける餡子のようだ。

「そうですね。先生にお鈴ちゃんを紹介しなくちゃいけません」

沖有が素直に微笑むと、誠吾は鼻の頭を掻いてはにかんだ。

外からは、ニラ雑炊の呼び声が聞こえてくる。

「そういや、あの娘、心を入れ替えてきちっとやってるそうだよ。『人死にがでる前に止めてくれてありがとう』だとよ」

先に、江戸から追放され親類の家に預けられた菜売りの少女のことである。

「そりゃ、誠さん、よかったじゃないですか」

「沖さんのおかげだよ」

誠吾が言い、沖有は首をかしげる。

「私はなにもしちゃいませんが」

「沖さんがいなけりゃ、止められなかったよ」

沖有は興味なさげに、フウンと鼻を鳴らす。

そこへお鈴が寺小屋から帰ってきた。

「先生、ただいまー！」

明るく溌剌な子どもの声が、黄八丈の眩しさとともに飛び込んでくる。

パッと華やぐ仕舞屋に、思わず沖有は目をすがめた。

「あの子だって、冲さんが救った命だ」

誠吾は小さな声で呟いた。

(そんなたいそうなもんじゃないんですけどね……)

否定するのも面倒で、冲有は聞こえぬふりをしてお鈴に声をかける。

「おかえりなさい。お鈴ちゃん」

「お鈴ちゃん、おけーり。おはぎがあるぞ!」

誠吾もお鈴に声をかける。

冲有はそれがなんだかくすぐったい。

白猫がノロノロと立ち上がりお鈴を出迎える。

お鈴は白猫を撫でながら、満面の笑みをふたりに向けた。

「誠吾さん、いらしてたんですね！　いらっしゃるのをお待ちしてました！」

「私は待ってなどいませんでしたよ」

お鈴が言うと冲有が茶々を入れる。

「でも、甘味は待ってるんだろ？」

誠吾はおかしくてつい突っ込む。

「ええ、甘味は待っています。甘味を置いたら帰ってもいいんですよ」

憎まれ口を叩く冲有だ。

トラ猫は相変わらず、誠吾の膝の上で眠っている。

「猫がいるから帰れねぇや」

誠吾が笑うと、自分の分の茶を持ってきたお鈴がふたりのあいだに座る。

「まだ帰っちゃイヤですよ」

お鈴の素直な言葉が、なぜか冲有の胸に響いた。

初めのころは遠慮がちだったお鈴だ。聡いが故に親の顔色さえ窺うような、そんな子が気兼ねなく甘えられるようになったと思うと、微笑ましい。

「……だそうですよ。誠さん」

素直になれない冲有は、お鈴の言葉に便乗する。

誠吾は嬉しそうに目を細めた。

冲有のそばにいた黒猫が尻を高く上げて見せた。

冲有はそれを見て、黒猫の尻尾の根元をトントンと叩いてやる。黒猫は嬉しそうに身をよじり、ゴロゴロと喉を鳴らした。

（道三先生、どうやらここが私の居場所のようです）

冲有はそう思い、今は亡き恩師に思いを馳せた。

明日は彼岸明けである。線香の香りがどこからともなく漂ってきていた。秋の到来を告げるかのように、天は高く澄み渡っていた。

笹目いく子

独り剣客 山辺久弥 おやこ見習い帖

孤独な剣客が出会ったのは、秘密を抱えた幼子だった。

アルファポリス 第8回 歴史・時代小説大賞 大賞

本所・松坂町に暮らし、三味線の師匠として活計を立てている岡安久弥。大名家の庶子として生まれ、市井に身をひそめ孤独に生きてきた彼に、ある転機が訪れる。文政の大火の最中、幼子を拾ったのだ。名を持たず、居場所をなくした迷い子との出会いは、久弥の暮らしをすっかり変えていく。思いがけず穏やかで幸せな日々を過ごす久弥だったが、生家に政変が生じ、後嗣争いの渦へと巻き込まれていき——

◎定価：869円（10％税込）　◎ISBN978-4-434-33759-8　◎illustration：立原圭子

きよのお江戸料理日記
1~5
秋《あき》川《かわ》滝《たき》美《み》
「居酒屋ぼったくり」著者の新境地!!
身も心も癒される
絶品ご飯と
人情物語
訳あって弟と共に江戸にやってきたきよ。
父の知人が営む料理屋『千川』で、弟は
配膳係として、きよは下働きとして働くこと
になったのだが、ひょんなことからきよが
作った料理が店で出されることになって……
江戸の料理に
旋風を起こす!?
◎各定価:1～3巻737円・4巻759円・5巻814円(10%税込)
◎illustration:丹地陽子

ご飯が繋ぐ父娘の絆

母親を亡くし、失踪した父親を捜しに、江戸に出てきた鈴。ふらふらになり、行き倒れたところを、料理屋「みと屋」を開くヤクザの親分、銀次郎に拾われる。そこで客に粥を振舞ったのをきっかけに、鈴はみと屋で働くことになった。

「飯が道を開く」

料理人だった父親の思いを胸に鈴は、ご飯で人々の心を掴んでいく。そんなある日、銀次郎が無実の罪を着せられて——!?

定価:737円(10%税込み)　ISBN:978-4-434-29421-1

イラスト:ゆうこ

この作品に対する皆様のご意見・ご感想をお待ちしております。

おハガキ・お手紙は以下の宛先にお送りください。

【宛先】

〒 150-6019 東京都渋谷区恵比寿 4-20-3 恵比寿ｶﾞｰﾃﾞﾝﾌﾟﾚｲｽﾀﾜｰ 19F
（株）アルファポリス　書籍感想係

メールフォームでのご意見・ご感想は右のＱＲコードから、
あるいは以下のワードで検索をかけてください。

アルファポリス　書籍の感想　検索

ご感想はこちらから

アルファポリス文庫

仕舞屋《しもたや》蘭方医《らんぽうい》　根古屋《ねこや》冲有《ちゅうゆう》　お江戸《えど》事件帖《じけんちょう》　人魚《にんぎょ》とおはぎ

藍上イオタ（あいうえいおた）

2024年　11月30日初版発行

編集ー藤野友介・宮坂剛
編集長ー太田鉄平
発行者ー梶本雄介
発行所ー株式会社アルファポリス
〒150-6019東京都渋谷区恵比寿4-20-3恵比寿ｶﾞｰﾃﾞﾝﾌﾟﾚｲｽﾀﾜｰ19F
TEL 03-6277-1601（営業）03-6277-1602（編集）
URL https://www.alphapolis.co.jp/
発売元ー株式会社星雲社（共同出版社・流通責任出版社）
〒112-0005東京都文京区水道1-3-30
TEL 03-3868-3275
装丁イラストーMinoru
装丁デザインーAFTERGLOW
印刷ー中央精版印刷株式会社

価格はカバーに表示されてあります。

落丁乱丁の場合はアルファポリスまでご連絡ください。

送料は小社負担でお取り替えします。


ISBN978-4-434-34879-2 C0193

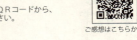